ARMIN ÖHRI
Der Bund der Okkultisten

TÖDLICHE SÉANCE Silvester 1865: Baron von Falkenhayn lädt zur großen Feier ins Buckower Landschloss. Auf dem Heimweg gerät der betrunkene Dorfapotheker unter die tödlichen Hufe eines durchgehenden Pferdes. Da auf der Feier eine Séance abgehalten wurde, bei der zufällig dreizehn Personen anwesend waren, spricht die Berliner Presse von einem Fluch. Um dem Aberglauben der einfachen Leute entgegenzutreten, hat Albrecht Krosick die Idee, spaßeshalber einen Club Bund der Okkultisten zu gründen, der bewusst aus dreizehn Leuten besteht. Wider Erwarten gibt es weitere Tote, und Albrecht und der Tatortzeichner Julius Bentheim ermitteln in einem neuen Fall.

Doch auch auf privater Ebene haben die beiden Freunde mit den Fährnissen des Lebens zu kämpfen, denn die Liebe macht Julius zu schaffen: Findet er zurück zu seiner Verlobten Filine Sternberg? Oder erliegt er den Reizen des verruchten Aktmodells Adele, einer Femme fatale, die ihn wie eine Spinne einzuwickeln scheint?

 *Der Liechtensteiner Autor Armin Öhri wurde 1978 geboren. Er lebt in Grabs im St. Galler Rheintal. Seit mehreren Jahren ist er im Bildungswesen tätig und arbeitet als Lehrer und Dozent in der Erwachsenenbildung. Öhri ist Veranstalter des Liechtensteiner Literatursalons und Präsident der »IG Wort – Autorenverband Liechtenstein«. Mit »Sinfonie des Todes«, geschrieben mit der Autorin Vanessa Tschirky, gab er sein Debüt im Gmeiner-Verlag; 2012 folgte »Die dunkle Muse«, der erste Fall der Kriminalroman-Reihe um den jungen Tatortzeichner Julius Bentheim.*

Bisherige Veröffentlichungen im Gmeiner-Verlag:
Die dunkle Muse (2012)
Sinfonie des Todes (2011)

ARMIN ÖHRI

Der Bund
der Okkultisten

Julius Bentheims zweiter Fall

GMEINER *Original*

Die automatisierte Analyse des Werkes, um daraus Informationen
insbesondere über Muster, Trends und Korrelationen gemäß § 44b
UrhG (»Text und Data Mining«) zu gewinnen, ist untersagt.

Bei Fragen zur Produktsicherheit gemäß der Verordnung über die
allgemeine Produktsicherheit (GPSR) wenden Sie sich bitte an den
Verlag.

Besuchen Sie uns im Internet:
www.gmeiner-verlag.de

© 2014 – Gmeiner-Verlag GmbH
Im Ehnried 5, 88605 Meßkirch
Telefon 07575/2095-0
info@gmeiner-verlag.de
Alle Rechte vorbehalten

Lektorat: Claudia Senghaas, Kirchardt
Herstellung: Mirjam Hecht
Umschlaggestaltung: U.O.R.G. Lutz Eberle, Stuttgart
unter Verwendung des Bildes: http://commons.wikimedia.org/
wiki/
File:1827_Oehme_Burg_Scharfenberg_bei_Nacht_anagoria.JPG
Druck: Libri Plureos GmbH, Friedensallee 273, 22763 Hamburg
Printed in Germany
ISBN 978-3-8392-1500-5

Für Edwin

Er stürzt auf mich in entsetzlicher Wut,
er saugt aus Gliedern und Wangen das Blut;
aus Lippen und Mund er den Atem mir saugt
und Grabesluft in die Brust mir haucht.

(Johann August Apel: ›Das Schreckbild‹)

Erstes Kapitel

AM SILVESTERABEND 1865 trafen sich die Gäste zur Geisterbeschwörung, und niemand unter ihnen ahnte, dass sie am Ende der Nacht tatsächlich Kontakt mit einer Leiche haben würden. Als Schauplatz der Feierlichkeiten diente das Landschloss Buckow, dessen zeitweiliger Mieter, Baron Valentin von Falkenhayn, zu einem reichhaltigen Dinner mit anschließender spiritistischer Sitzung geladen hatte. Die Zufahrt des zweistöckigen Herrenhauses mit Wendeplatz für Droschken und Reisewagen war leicht erhöht und führte zum Eingangsportal. Über einer schmalen zweiflügligen Tür war eine halbkreisförmige Fensterrose angebracht, wodurch die Halle tagsüber an Licht gewann.

Es ging auf 19 Uhr zu, als ein von zwei Pferden gezogener Landauer von der Hauptstraße auf das Grundstück des Schlosses einbog. Der junge Herr, dessen Gesicht im Seitenfenster sichtbar wurde, betrachtete die vom Mond beschienene Gegend. Über den Gartenanlagen lag Schnee, eine weiße Pracht, die im Glanz des Nachtgestirns flimmerte und den Passagier in der Kutsche in eine Märchenwelt versetzte. Wie mit Puder bestäubte Tannenwipfel huschten am Wagen vorbei, die Pferde wirbelten mit ihren Hufen das frische Pulver auf. Die Parkanlage mit ihren streng geometrisch angelegten Blumenbeeten mutete barock an. Der Landauer nahm eine Kurve, um auf die ersten

Wirtschaftsgebäude zuzuhalten, die dem Schloss vorgelagert waren, und der Insasse wandte den Blick ab, da ihn sein Gefährte angesprochen und aus den Gedanken gerissen hatte.

»Es war nett von Gideon, uns an seiner statt aufs Land zu schicken«, meinte der Reisende in unverfänglichem Plauderton. »Er hat es nicht leicht als Polizeikommissar: immer im Dienst, stets zur Stelle, wenn andere dem Vergnügen nachjagen. Ach, was sage ich, Julius! Andere? Wir! Wir amüsieren uns, wir sind es, die die Korken knallen lassen.«

Ein sanftes Lächeln kräuselte Julius Bentheims Lippen, als er seinen Freund so reden hörte. Am späten Nachmittag waren sie in Berlin aufgebrochen, die beiden Studienkollegen, die in der Nähe der Friedrich-Wilhelms-Universität gemeinsam unter dem Dach einer verwitweten Offiziersgattin wohnten. Albrecht Krosick hieß der ältere von ihnen, und er hatte seinen Kommilitonen dazu überredet, den Ausflug aufs Land zu wagen. Der Vorschlag, Silvester in der Märkischen Schweiz zu feiern, war von Gideon Horlitz gekommen, einem Kommissar der preußischen Gendarmerie, mit dem die beiden Studenten der Rechte befreundet waren.

»Eigentlich sind meine Gattin und ich eingeladen«, hatte Horlitz erklärt, als Albrecht ihm im ehemaligen Palais des Oberfeldmarschalls von Grumbkow am Molkenmarkt über den Weg gelaufen war, »aber ich bin zum Dienst eingeteilt, und meine Clara möchte nicht allein reisen.«

»Und der Herr des Hauses ist darüber informiert, dass Sie Ersatz schicken?«

»Ich kann ihm ein Billett senden, wenn Sie dies möchten. Er wird nichts dagegen haben, Albrecht. Sie sind von mir empfohlen.«

»Das ehrt mich. Aber werden wir nicht fehl am Platze sein?«

»Wir?«

»Pardon. Es versteht sich von selbst, dass ich Julius mitnehme. Der arme Kerl soll endlich auf andere Gedanken kommen. Es ist nicht auszuhalten mit ihm, seit seine Freundin verschwunden ist. All diese Verdrießlichkeit, Herr Kommissar. Es ist ein Jammer.«

Gütig klopfte ihm Horlitz auf die Schulter.

»Ja, nehmen Sie ihn mit, eine vorzügliche Idee …«

Vom Küstriner Bahnhof aus waren die Studenten nach Osten gefahren, indem sie die Strecke nahmen, die künftig Königsberg mit der Hauptstadt verbinden sollte. Kurz vor Strausberg, wo das Schienennetz zu Ende war, stiegen sie aus und winkten einen Landauer heran. Nun holperten die Kutschenräder über den knirschenden Schnee, und im Licht einer tranigen Laternenfunzel beobachtete Albrecht Krosick seinen Begleiter.

Julius Bentheim würde bald seinen 20. Geburtstag feiern. Seine braunen Haare hatte er mit Pomade eingestrichen, was ihn daran hinderte, einen Hut zu tragen, doch die Konturen seines Gesichts und vor allem der leicht melancholische Stich in den Augen kamen somit zur Geltung und verliehen ihm ein Flair sonderbarer Eleganz und Anziehung. Albrecht war nur wenig größer als sein Freund, dabei etwas hagerer und von fröhlichem Naturell, was er an diesem Tag wohlweislich unterdrückte.

Draußen tauchte ein Wirtschaftsgebäude vor ihnen auf, eine Fachwerkscheune mit Unterstand für Leiterwagen und Lagerplätzen für Getreidegarben. Wenig später teilte ihnen der Kutscher durch das Sprachrohr mit, man erreiche in Kürze Schloss Buckow.

Der Landauer verlangsamte die Fahrt, bis er schließlich auf einem von Fackeln und Gaslaternen erhellten Vorplatz hielt. Bentheim öffnete den Verschlag und stieg aus dem Wagen. Als er sich umsah, erblickte er weitere Kutschen – mehrere einfache Kaleschen, aber auch eine pompös ausgestattete Berline mit Wappen am Kutschkasten. Daneben stand ein Stallbursche, angelegentlich damit beschäftigt, ein sich aufbäumendes Pferd im Zaum zu halten. Der Student verfolgte das Geschehen, bis sein Augenmerk auf zwei in dicke Paletots gehüllte Diener fiel, die an sie herantraten. Während der eine von ihnen den Kutscher instruierte, wo er sein Gefährt abstellen könne, begrüßte der andere die beiden Neuankömmlinge.

»Wenn Sie mir bitte folgen möchten, die Herren«, meinte er schließlich. »Der Herr Baron erwartet Sie.«

Bentheim flüsterte Albrecht zu: »Du hast nichts von einem Baron gesagt, als du mich eingeladen hast.«

»Valentin Baron von Falkenhayn. Ich dachte, es sei nicht von Belang.«

»Nicht von Belang?«, zischte er. »Wie spricht man einen Baron an? So etwas sollten wir wissen.«

»Mit: Seine Hochwohlgeboren. Oder einfach als Herr von Falkenhayn. Sei unbesorgt, Julius, der Abend wird köstlich. Es werden einige Freunde von uns anwesend sein. Wir sind nicht gänzlich unter Fremden.«

Bentheim atmete tief durch, als er ins Gebäude geführt wurde.

Über der Halle, die sie betreten hatten, nur durch eine geschwungene Treppe erreichbar, befand sich eine Bildergalerie mit Porträts von Mitgliedern der pommerschen Grafenfamilie Flemming. Inmitten der Gemälde prangte ihr Stammwappen: ein springender Wolf mit roter Zunge und bewehrt mit roten Klauen. Der Diener deutete nach rechts, wo einfache Wandnägel aus der Mauer ragten und einige Kleiderhaken für die Mäntel angebracht waren. Die Einlegebretter eines offenen Schranks, dem die Türen fehlten, dienten als Hutablage.

»Hier, mein werter Nomenclator«, meinte Albrecht schalkhaft, als er dem Mann ein paar Münzen in die Hand regnen ließ und ihm seinen Überwurf reichte. »Gehe er und melde unsere Ankunft.«

»Zu gütig«, erwiderte der Mann ungerührt und beschied ihnen mit ausholender Armbewegung, ihm zu folgen. Der Domestike führte sie in einen auf angenehme Temperatur aufgeheizten Saal, der sich als rundgewölbte Halle quer durch die Mitte des Gebäudes zog. Links befanden sich zwei gedeckte Tafeln. Rechts, neben einer Doppeltür, erhob sich eine Standuhr. Zur

13

Gartenseite hin schloss eine Glasfront den Raum ab, die bei Tageslicht den Blick auf die unvergleichliche Anmut der Buckowschen Natur freigegeben hätte. Der Ort lag in einem Talkessel, der in der Eiszeit entstanden war, umgeben von fünf Seen und einer bewaldeten Hügelkette. Da man das Innere des Saals nur spärlich ausgeleuchtet hatte, glitzerte das schneebedeckte Panorama umso heller und entfaltete einen Reiz, dem sich der Betrachter nur schwer entziehen konnte. Eine kleine Ansammlung von Leuten – etwa ein Dutzend Männer in Damenbegleitung – stand an den Fenstern und genoss die Aussicht. Einige drehten sich um, als der Diener die Studenten ankündigte, und ein blondhaariger Mann in Frack und Röhrenhose löste sich von der Gruppe und trat auf sie zu.

»Willkommen, die Herren! Gerade noch pünktlich für das Hors-d'œuvre. Sie müssen Kommissar Horlitzens Ersatz sein. Jung und kräftig, der preußische Nachwuchs eben«, meinte er jovial und reichte beiden die Hand. Ein heller Streifen an seinem Hals zeigte die vernarbte Stelle einer alten Verwundung an. »Gestatten, Baron Falkenhayn. Gesellen Sie sich zu unserer Gruppe, Herr … Krosick?«

»Bentheim. Julius Bentheim. Mein Freund hier ist Herr Krosick.«

»Wunderbar. Prächtig. Kommen Sie, ich mache Sie mit den Damen und Herren bekannt.«

Mit der Grandezza eines Mannes von Welt dröhnte die Stimme des Barons durch den Saal: »Meine Freunde, ich darf vorstellen: die Herren Bentheim und Krosick. Preußens Jugend, unsere Zukunft.«

»Hört, hört!«, vernahm man die Stimme eines Mannes, der an sie herantrat. »So sieht man sich wieder. Ich hoffe, Sie beide sind nicht beruflich hier. Unser letztes Treffen stand ja unter keinem guten Stern, wenn man den Ort der Begegnung bedenkt.«

»Sie kennen sich?«, fragte der Baron.

»Wir verkehren bei Frau Lewald«, antwortete der Mann, dessen Augen jugendlich funkelten. Die Haare seines Schnurrbarts waren ein wenig länger als bei ihrem letzten Treffen, und die Koteletten wucherten wie wildes Torfmoos. »Vor drei Monaten hatten wir das letzte Mal durch die Affäre Goltz miteinander zu tun.«

»Oh, der Mordfall Kulm. Scheußliche Sache das«, meinte der Gastgeber. »Da Sie Salongäste bei Frau Lewald sind, werde ich Anweisung geben, die Tischorder zu ändern. Es sind noch einige Literaten hier, wenn ich mich nicht irre, nicht wahr, Theodor? Doch nun entschuldigen Sie mich, ich möchte mich erkundigen, wann die Vorspeisen aufgetischt werden.«

Er verbeugte sich, und Julius, Albrecht und Theodor Fontane sahen ihm nach.

»Ein Mann nach meinem Geschmack«, äußerte Krosick. »Kennen Sie sich schon lange?«

Fontane, der Schriftsteller und Journalist der Neuen Preußischen Zeitung, die ihres eisernen Kreuzes im Titel wegen bloß die Kreuz-Zeitung genannt wurde, schüttelte den Kopf. »Mitnichten, der Herr Baron ist ja auch erst seit wenigen Monaten im Land. Ich wurde durch Balduin Möllhausen in diese Kreise eingeführt. Er ist heute Abend übrigens auch hier.«

»Dieser Reichtum«, entfuhr es Julius staunend, »ist bemerkenswert.«

»Bemerkenswert, aber gemietet«, erklärte der Dichter. »Der Herr Baron ist nur zeitweilig hier. Das Schloss gehört der Familie Flemming. Betrachten Sie die Kassetten an der Decke – eine Arbeit von Karl Friedrich Schinkel. Da war er noch jung und hatte sich noch nicht die Flausen in den Kopf gesetzt, ganz Berlin mit seinem Klassizismus zuzupflastern.«

»Woher sind Sie nur so bewandert in diesen Dingen?«

Fontane lächelte: »Ich zitiere mich selbst, junger Bentheim. Schlagen Sie in meinen ›Wanderungen durch die Mark Brandenburg‹ nach; ich glaube, da habe ich geschrieben, Buckow und sein Schloss verleiten zum Schwärmen, Träumen und Dichten. Aber wir sprachen eben über Falkenhayn …«

»Genau, was wissen Sie über ihn?«

Der Mann ließ den Blick über die Menschengruppe gleiten, die sich allmählich von der Fensterfront löste, kraulte sich den Backenbart und deutete auf die Tafel. »Unterhalten wir uns doch bei Tische weiter.«

Wenig später, als die beiden Studenten und der Literat Platz genommen hatten, griff Fontane den Faden seines Berichtes wieder auf. Sie saßen am unteren Ende des Tisches, flankiert von zwei jungen preußischen Soldaten in Uniform und einem 40 Jahre alten komischen Kauz mit wallendem Bart in einer Art nordamerikanischer Trapperkleidung. »Der Baron stammt aus Frankfurt«, erklärte Fontane. »Nicht aus dem hessischen Frankfurt, sondern aus dem an der Oder. Alter Adel, lange Zeit verarmt, aber dem guten Valentin ist es gelungen, das Familienvermögen aufs Neue anzuhäufen und zu konsolidieren. Er hat ein glückliches Händchen bewiesen, indem er in den Fremdenverkehr investierte. Wären Sie nachmittags angekommen, hätten Sie die vielen Villen im Heimatstil bemerkt. Die meisten davon gehören dem Baron. Vor zwei Jahren ließ er sie bauen, und nun, da die Ostbahn reiche Ausflügler von Rang und Namen zur Sommerfrische in die Märkische Schweiz führt, klingelt die Kasse.«

»Und gibt es denn auch eine hübsche Baronin?«

Bentheim schmunzelte, denn es war wohl unvermeidlich gewesen, dass sein Freund Albrecht nach einer Frau fragen musste. Fontanes Antwort kam zögernd. Ein Diener trat an sie heran, um kleine Häppchen zu servieren und den leicht herben Berliner Wein einzuschenken.

»Es gab eine«, erklärte er schließlich. »Leider ist sie verstorben. Das muss vor einigen Jahren gewesen sein, als der Baron für längere Zeit in Übersee weilte. Aber er hat eine Tochter, Babette, ein junger Wildfang von 14 Jahren, die sein ganzer Sonnenschein ist.«

»Fürwahr, ein prächtiges Dämchen«, meldete sich der Herr in der seltsamen Aufmachung zu Wort. »Reif und verspielt zugleich – ich habe sie heute kennengelernt.«

Er deutete mit einem Kopfnicken zum zweiten Tisch hinüber, an dem der Baron die anderen Gäste unterhielt. Ein Mädchen in einem weit geschnittenen roten Kleid, das mit Spitze verziert war, saß neben ihm. Sie lachte herzhaft, fuhr sich mit den Fingern durch die braunen Locken, die bis auf ihre Schultern fielen, und hakte sich mit dem Arm bei ihrem Vater unter. Eine Geste, die mancher Herr insgeheim mit neidischem Blick verfolgte.

»Ein Bild für die Götter!«, meinte ihr Tischnachbar, den Julius unschwer als Balduin Möllhausen erkannt hatte, den berühmten Amerikareisenden und Schriftsteller von Abenteuerromanen. »Bei den Indianern wäre sie bereits mannbar.«

»Aber nicht doch …«

»Ist doch wahr, Theodor. Bei den Mohave hätte man sie längst am ganzen Körper tätowiert und danach an einer Biegung des Colorado-Rivers stundenlang beglückt.«

»Die Mohave, ist das ein Verein, bei dem ich Mitglied werden kann?«, sagte Albrecht grinsend und hob sein Glas.

»Hört, hört! Auf die Mohave!«, rief einer der beiden Soldaten neben ihnen und stieß mit dem Studenten an.

Das Gespräch nahm seinen Gang, und im Verlauf des Abends machten sich alle miteinander bekannt. Julius und Albrecht erfuhren die Namen der zwei Militärs: Es waren Sekondeleutnant Friedrich Caspari sowie Grenadier-Hauptmann Anton Birkholz, beide aus dem Regiment von Braunschweig. Von ihnen erfuhr die Gruppe, dass der Herr am Nebentisch, der links vom Baron Platz genommen hatte, Helmuth Karl Bernhard von Moltke war, der Chef des preußischen Generalstabes. Somit trug er den Titel Generalmajor von Moltke.

Weitere namentlich bekannte Gäste der Soirée waren Joachim Arnd, der feiste Dorfapotheker, dessen Pausbäckchen rot leuchteten, und Nikolaus Gruben, ein im Seidenhandel tätiger Geschäftsmann. Ihnen beigesellt hatte sich Herrmann Goedsche, ein Literat mit prächtigem Schnurrbart samt Koteletten, aber von schmächtiger Statur. Er war ein wenig jünger als Fontane und alle sprachen sie ihn ausnahmslos als Sir John Retcliffe an, denn unter diesem Pseudonym veröffentlichte er prächtige Sensationsschmöker voller Liebeswirren und gefährlicher Situationen.

Während des Hauptgangs – es wurde ein Frikassee Berliner Art aufgetischt, ein Ragout aus Hühnerfleisch mit Kalbszunge und Kalbsbries – beugte sich Balduin Möllhausen zu Fontane und meinte: »Es soll heute Abend eine Unterhaltung geboten werden, eine von der eher spiritistischen Art. Ein extra hypnotisiertes Medium wird für uns Kontakt mit der Geisterwelt aufnehmen.«

»Ich habe davon gehört. Alter Humbug von anno 1800, wenn Sie mich fragen«, bemerkte Fontane.

»Sie sind kein Anhänger des Animalischen Mesmerismus?«, fragte Bentheim.

Der Dichter führte eine Gabel zum Mund und meinte schmatzend: »Wie gesagt, Franz Anton Mesmer liegt unter der Erde und ich setze keinen Kreuzer auf die Wirksamkeit seiner Theorien.«

Möllhausen lachte lautstark, säuberte mit der Serviette die Mundwinkel und sagte: »Meine Rede, lieber Theodor, aber amüsant wird es allemal werden.«

Sie aßen zu Ende, wobei sie sich angeregt über die neuesten Auswüchse von Bismarcks Politik unterhielten und gleichzeitig gespannt darauf warteten, dass der Herr des Hauses das Signal für die spiritistische Sitzung geben würde.

Nach dem Dessert war es soweit: Baron von Falkenhayn schlug mit der Klinge seines Messers an ein Sektglas. »Meine liebreizenden Damen, meine Herren! Dürfte ich um Ihre geschätzte Aufmerksamkeit bitten? Jene unter Ihnen, die an einem Kontakt mit der jenseitigen Welt interessiert sind, mögen mir sogleich zur Bildergalerie folgen; in der oberen Etage wurde hierfür ein Zimmer eingerichtet. Alle anderen werden weiterhin verköstigt, und natürlich gibt es auch hier ein passendes Rahmenprogramm.«

Er klatschte in die Hände, woraufhin eine Flügeltür geöffnet wurde und zwei Diener ein schwarzes Klavier hereinrollten, das sie leicht abgewinkelt an die Glasfront stellten. Der eine Bedienstete deponierte einen Kerzenleuchter auf dem Gehäuse und entfachte die Lichter. Ein junger Pianist in weißem Hemd mit Vatermörder und schwarzer Bauchbinde trat heran und setzte sich.

Applaus brandete auf, und einige der weiblichen Gäste umringten den Musiker.

Der Baron lächelte, als er bemerkte: »Nun, die Damen scheinen ihre Wahl getroffen zu haben. Wem aber der Sinn nach Übersinnlichem steht, der schließe sich mir an.«

Julius sah es als ausgemachte Sache, die spiritistische Sitzung zu besuchen. Im Salon von Fanny Lewald hatte er zur Genüge das Geklimper von mehr oder minder begabten Pianisten erlebt. Eine Geisterbeschwörung war da schon eher etwas Einmaliges, etwas, worüber man in den kommenden Tagen und Wochen noch reden würde. Er stand auf und gesellte sich mit Albrecht zu der kleinen Gruppe, die sich um den Baron zu bilden begann. Sie waren zu zehnt, als sie schließlich ins obere Stockwerk stiegen, vorbei an dunklen, schweren Ölgemälden. Valentin von Falkenhayn postierte sich vor einer Eichentür, deren Klinke er umgriff. Dicht gedrängt standen seine Gäste im Flur und warteten gespannt. Mit einer theatralischen Bewegung ließ der Baron die Tür aufschwingen …

Später an diesem Abend, als sich alle wieder unten im Speisesaal eingefunden hatten, diskutierte man das Erlebte. Die Literaten waren sich darüber einig, Zeugen eines amüsanten Schabernacks gewesen zu sein, und auch die restlichen Gäste sahen das Spiritistische eher als einen weiteren Punkt auf der Liste der abendlichen Unterhaltungen. Bald hing man anderen Gedanken nach und verfolgte erregt das viel zu langsame Vorrücken des Zeigers an der großen mechanischen Standuhr. Ein jeder hielt ein Sektglas in der Hand, um beim mitternächtlichen Glockenschlag mit den Nächststehenden anzustoßen.

»Irgendwelche Vorsätze fürs neue Jahr gefasst, Albrecht?«

»Ich werde weniger dichten.«

Julius lächelte in sich hinein, doch Theodor Fontane machte ein betrübtes Gesicht. »Nicht doch, Herr Krosick. Nichts geht über einen Leberreim.«

»Aber sie hängen einen zum Hals raus«, warf Julius ein. »Und nicht nur mir. Auch unsere Vermieterin Frau Losch kann sie nicht mehr hören.«

»Falls Sie diese urdeutsche Tugend aufgeben, müssen Sie zuerst passenden Ersatz finden. Das sind Sie der Tradition schuldig. Wenn Herr Bentheim Sie da nicht eben auf eine Idee gebracht hat, indem er Ihre Hauswirtin erwähnte, weiß ich mir nicht zu helfen.«

»Ich verstehe nicht ganz.«

»Ihre Frau Wirtin, Herr Krosick, Ihre Frau Wirtin.«

»Herrje, Herr Fontane, jetzt haben Sie mir was Schönes angerichtet«, seufzte Julius und nippte verdrossen an seinem Glas. Albrecht hingegen strahlte wie ein Mondkalb.

»Sie sind ein Genie!«, rief er jovial. Der viele Alkohol, dem er bereits zugesprochen hatte, begann seine Wirkung zu entfalten. »Wahrlich, ein originäres Jahrhundertgenie. Sie hätten im Sturm und Drang leben sollen, Herr Poet. Das Jahr 1866, so will ich es hier und jetzt kundtun, wird unter dem Banner der Frau-Wirtinnen-Sprüche stehen.«

»Beginnen Sie noch heute mit einem«, forderte ihn Fontane auf, wobei ein schelmischer Zug seine Augen umspielte. »Bald schlägt es Mitternacht. Sie müssen üben, Krosick. Üben, üben und nochmals üben!«

»Gleich jetzt? Aus dem Stegreif?«

»Gleich jetzt«, unterstützte ihn Balduin Möllhausen mit sichtlichem Vergnügen. »Ein schlichtes Reimschema, Herr Krosick: aabxb. Lediglich fünf Verse – das werden Sie wohl noch hinkriegen?«

»Nun gut, ich will mir nicht nachsagen lassen, ein Angsthase zu sein.«

Er räusperte sich mit der entschlossenen Miene eines sündenfreien Christen beim Anblick des Teufels. Einige der Gäste verstummten und wandten ihr Augenmerk dem Studenten zu, der gewichtig mit dem Finger an sein Sektglas schnippte. Erwartungsvoll sahen sie ihn an. Albrecht Krosick schaute in die Runde, kratzte sich nachdenklich an der Schläfe und hüstelte mit gespielter Verlegenheit, bevor er lautstark deklamierte:

»Frau Wirtin feierte Silvester
mit 15 Mann und ihrer Schwester.

Und an Neujahr war sie besoffen,
da stand ihr Allerheiligstes
für alle Gäste offen.«

Eine ältere Dame, die eine Krinoline zur Schau trug, deren Rockstoff am Bund in tiefe Falten gelegt war, sah ihn entsetzt an. Ihr Begleiter, ein ebenso alter Herr mit am Auge eingeklemmtem Monokel, schüttelte kaum merklich den Kopf. Möllhausen und Fontane unterdrückten ein Lachen. Hilflos, nach Unterstützung heischend, blickte Albrecht seinen Freund an.

Doch bevor Julius etwas unternehmen konnte, um die Situation zu retten, erscholl ein jauchzendes, die Peinlichkeit überspielendes Jungmädchenlachen von der Tochter des Gastgebers. Babette von Falkenhayn rief übermütig in die Runde: »Noch ein Vers! Hurra! Noch ein Vers!«

Sie musste sich seit dem Dinner umgezogen haben, denn sie war nun in eine dunkelrote Zuavenjacke gewandet, taillenkurz und boleroähnlich mit schräg geschnittener Front. Albrecht lächelte sie an und zwinkerte voller Erleichterung mit dem Auge, und die restlichen Minuten bis kurz vor Mitternacht frönte die Abendgesellschaft einem lustigen Zeitvertreib: dem Improvisieren neuer Frau-Wirtinnen-Verse.

Als das neue Jahr gerade einmal vier Stunden alt war, verabschiedeten sich die ersten Besucher. Generalmajor von Moltke ließ Sekondeleutnant Caspari nach einer Kutsche rufen, und der Grenadier-Hauptmann Birkholz gesellte sich ihrer Fahrgemeinschaft hinzu, sodass die drei Militärs als Erste die Zufahrt des Landschlosses hinabrollten und im aufgekommenen Dunst verschwanden.

Wenig später verließen die nächsten Gäste das Fest. Eine Gruppe junger Damen – allesamt Vertreterinnen der Buckower Dorfschönheiten – stand frierend auf dem Wendeplatz. Joachim Arnd, der pausbäckige Apotheker, trat ins Freie, rieb sich kurz die Hände und biss etwas von einer schneckenförmigen Rolle ab: Es war ein Priem von der größten deutschen Kautabakfirma, der Grimm & Triepel Kruse GmbH aus Kassel. In Schwaden trat der Atem aus dem Mund des Mannes und vermengte sich mit dem Nebel.

Julius und Albrecht gesellten sich dazu, in Begleitung des Mädchens, dem beinah die Augen vor Müdigkeit zufielen. Grinsend beobachteten die beiden Studenten die plumpen Versuche des Apothekers, bei den Damen Eindruck zu schinden. Arnd schmatzte unüberhörbar und ließ verlauten, er werde schon für eine Mitfahrgelegenheit sorgen, er sei schließlich ein Mann, ein Prachtkerl, der sein eigenes Gespann zu lenken wisse. Und als Beweis dafür, wie es um seine Männlichkeit bestellt war, spuckte er eine zähflüssige, klebrige Masse auf den mit Neuschnee bedeckten Vorplatz.

»Bleiben Sie, meine Schönheiten, meine Prinzessinnen, bleiben Sie«, sagte er lallend, »ich hole Ihnen meine Kutsche.«

Kräftig ausschreitend, stapfte er in den Nebel hinein, direkt auf die Wirtschaftsgebäude zu, während die Zurückgebliebenen plaudernd die Zeit überbrückten. Eine Feuerwerksrakete, irgendwo im Dorf abgeschossen, vermochte für ein paar Augenblicke den diesigen Dunst zu durchdringen und das Firmament zu erhellen, wobei das Buckower Landschloss in ein irisierendes Licht getaucht war. Von den Gesindehäusern her hörte man das Knirschen von Rädern auf Schnee, als der fidele Apotheker mit seinem Einspänner vorfuhr.

Es war das scheuende Pferd vom Vorabend, das bei der Ankunft der beiden Studenten kaum zu bändigen gewesen war, das Joachim Arnd nun mit seinen prankenhaften Händen am Zügel hielt. Er rollte vor den Eingang, erhob sich zu voller Größe und meinte mit angesäuselter Heiterkeit: »Einmal Buckow Zentrum, einfache Fahrt. Alles einsteigen!«

Albrecht war beflissen zur Stelle, als es darum ging, einer hübschen Blonden auf den Wagen zu helfen, und sie dankte es ihm, indem sie verschämt die Augen niederschlug. Arnd winkte die Nächste heran, und während er gestikulierte, erhob sich eine zweite Rakete in den Nachthimmel. Ein Surren kündete ihr Emporsteigen an, doch die erhoffte Schönheit ihrer Lichteffekte blieb aus. Stattdessen sauste sie von den fernen Dächern des Dorfes aus über den Schlosspark. Der Feuerwerkskörper – an einem hölzernen Stiel befestigt und aus losem, in eine Papphülse verpacktem Schwarzpulver bestehend – erreichte über dem Rosengarten den Scheitelpunkt seines Aufstiegs und explodierte mit einem durchdringenden Knall.

»Der Gaul!«, rief Julius intuitiv.

Doch es war zu spät …

Das Pferd, ein Kohlfuchs mit schwarzem Fell, Stichelhaar und leicht hellerem Langhaar, bäumte sich auf. Mit der Vermessenheit des Betrunkenen packte Joachim Arnd die Zügel fester und wickelte sie sich um die Hände. Für kurze Zeit begann sich die fieberhafte Erregung der Gäste zu legen, als der Apotheker sein Ross völlig in der Gewalt zu haben schien.

»Brr! Alarich, brr!«

Mit all seiner Kühnheit behauptete er seinen Platz und rief dem Pferd beruhigende Worte zu. Alarich schnaubte tief, seine Nüstern blähten sich, die Hufe klapperten auf dem Untergrund. Julius Bentheim tätschelte ihm den Rücken, und just als das Tier sich beruhigt hatte, verließen weitere Gäste das Haus – und das Zufallen der Tür, das sich in der morgendlichen Stille wie ein zweiter Knall ausnahm, ließ das Pferd mit einem Sprung nach vorn schießen.

Von seiner kaltblütigen Ruhe zu unwiderstehlicher Tätigkeit übergehend, stand der Apotheker im einen Augenblick noch mit gerötetem Gesicht auf dem Kutschbock, während er im nächsten bereits durch die Luft flog und hart auf eine der zwei hölzernen Anzen schlug, die bei einem Einspänner die Deichsel ersetzen.

Als der Karren einen Ruck tat, schrie die blonde Dame auf.

»Gott im Himmel!«, rief jemand aus der Gruppe, die im Schatten unter der Türlaibung stand. Ironischerweise war es John Retcliffe, der bisweilen religionskritische Autor, und er löste sich auch als Erster aus der allgemeinen Erstarrung, die von allen Besitz ergriffen hatte. »Ein Arzt!«, befahl er einem der Hausdiener. »Schicken Sie nach einem Arzt!«

Julius Bentheim blickte hilflos auf das Knäuel aus Armen, Beinen, zersplitterten Holmen und verwickelten Zugseilen. Joachim Arnd atmete schwer. Unter gewaltiger Kraftanstrengung hob er den Kopf und blickte dem Studenten ausdruckslos in die Augen. Als er zu sprechen anheben wollte, quoll ihm ein Strahl Blut aus dem Mund, während Alarich, zwei oder drei Meter vor ihm, abwechselnd buckelte und mit den Hinterbeinen ausschlug. Mit aller Vorsicht bückte sich Bentheim, um dem Apotheker die um die Handgelenke gewickelten Zügel zu lösen.

Arnd ächzte auf, als Julius ihn anfasste. Ein Unterarm stand in seltsamem Winkel vom Körper ab: Elle und Speiche waren gebrochen.

»Seien Sie unbesorgt«, sprach er ihm Mut zu, »das wird schon wieder.« Er begann die Zugseile abzuwickeln, aber schaffte nicht einmal zwei volle Umdrehungen, als ein weiterer Blindgänger pfeifend und sirrend über die Anlagen des Schlosses Buckow flog. Alarich, der noch immer nicht zu beruhigen war, galoppierte los.

Seine Hochwohlgeboren Baron von Falkenhayn, von seiner Dienerschar über das Malheur auf dem Vorplatz unterrichtet, trat – für alle Eventualitäten mit einem Jagdgewehr gerüstet – nach draußen und bekam gerade noch mit, wie der Kohlfuchs an ihm vorüberjagte, den feisten Apotheker hinter sich herziehend wie einen plumpen Mehlsack.

Alarich hetzte die Rundung hinab, doch anstatt den Bogen zur langen Anfahrt zu nehmen, sprang er über eine Hecke. Die Zügel verhedderten sich im Geäst, sodass Arnd hängen blieb. Die Zugseile spannten an, und das Pferd wurde herumgerissen und fiel mit der hinteren Flanke gegen die schneebedeckte Statue eines Fauns. Mit dampfenden Nüstern blieb es liegen; in seinem Fleisch steckten die abgebrochenen Hörner der Marmorfigur. Seine Beine schlugen aus, und ein Huf traf den Apotheker an der Schläfe.

Fast gleichzeitig erreichten Julius, Albrecht und der Baron den Schauplatz der Tragödie. Wenige Augenblicke später umstanden auch Fontane, Retcliffe und Möllhausen sowie der Geschäftsmann Gruben die zwei Sterbenden – das Tier und den Menschen.

Bleich wie der Tod starrten die Männer auf die groteske Szenerie. Das Wiehern des Pferdes, eine alles übertönende, grauenvolle Kakophonie des Schreckens, hallte an den Wänden des Schlosses und der Gesindehäuser wider. Langsam, wie mechanisch, hob der Baron seine Flinte und setzte sie dem strampelnden Tier an die Stirn. Das Wiehern erstarb in dem Moment, als eine Masse aus Hirn und Blut über den Boden spritzte. Es war Julius, als hebe der Gastgeber die Waffe hoch, um sie ein zweites Mal zu gebrauchen, doch dies mochte nur ein kurzer Impuls des Barons gewesen sein.

Joachim Arnds Augen wurden glasig.

Sein Körper erbebte unter wiederholten Zuckungen, ein Röcheln entrang sich seiner Kehle. Der pausbäckige Kopf war völlig zerschunden. Die Nase war eingedrückt, ein abgebrochener Zweig hatte seine linke Wange durchbohrt und steckte noch immer dort. Ab und an bewegte er sich, wenn der Todgeweihte mit seiner Zunge daranstieß. Dann versuchte er etwas zu sagen, und Julius beugte sich hinab und nahm die inständige Bitte wahr: »Auch mir, auch mir die Kugel …«

»Kann man da nichts machen?«, flüsterte Bentheim Albrecht zu.

Krosick schüttelte stumm den Kopf.

Retcliffe fluchte leise: »Hat denn niemand ein Einsehen? Einem nichtsnutzigen Gaul hilft man, dieses Jammertal zu verlassen, aber bei einem Menschen verbietet dies die Ethik! Es ist zum Haareraufen!«

Noch einmal hob der Baron die Flinte, aber Fontanes mildes Kopfschütteln ließ ihn mitten in der Bewegung verharren. Wortlos sahen die Männer auf den massigen, blutdurchtränkten Fleischklumpen hinab. Eine Viertelstunde später, als Pferdegewieher und Peitschenknall die Ankunft eines Mediziners ankündigten, tat Joachim Arnd seinen letzten Atemzug.

Zweites Kapitel

Der Arzt, ein Mann Mitte 50 mit hängendem Augenlid, konnte nur noch den Tod des Apothekers feststellen. Indes war der Baron nicht untätig geblieben und hatte seine Dienerschaft angewiesen, in einem der Umkleidezimmer nach einem Paravent zu suchen, und nun hielt eine Stoffwand die neugierigen Blicke der Abfahrenden fern. Ein halbes Dutzend Fackeln, die man um den Pferdekadaver und die Leiche herum in den Schnee gesteckt hatte, beleuchtete den Ort des Geschehens.

Nacheinander waren die letzten Gäste aufgebrochen. Der erschütternde Jahresbeginn hatte sich wie eine bleierne Decke über das Anwesen gelegt. Die junge Babette zog sich ins Schlafzimmer zurück, und auch das Dreigespann der Dichter verabschiedete sich mit mitfühlenden, wohlgesetzten Worten.

Von jenen, die Silvester gefeiert hatten, blieben lediglich der Baron und die Studenten übrig.

»Haben Sie die Gendarmen benachrichtigt?«, erkundigte sich der Arzt, der den Namen Dalwig trug.

»Es war ein Unfall«, entgegnete der Baron sichtlich erschüttert.

»Es war ein Todesfall«, erwiderte Dr. Dalwig trocken. »Die Polizei wird gezwungen sein, Ermittlungen anzustellen. Der Tote darf auf keinen Fall bewegt und schon gar nicht entfernt werden.«

»Kann dies meiner Tochter nicht erspart werden, wenn sie aufwacht? Das arme Kind war Zeuge, wie Herr Arnd ums Leben kam. Sie können unmöglich von mir verlangen, ihr diesen scheußlichen Anblick ein weiteres Mal zuzumuten.«

»Ich arbeite als Tatortzeichner«, mischte sich Bentheim ein. »Wenn ich einen Vorschlag machen dürfte …«

Mit einer generösen Handbewegung erteilte ihm der Arzt das Wort.

»Besorgen Sie mir Messband, Zeichenblock und Stifte. Ich werde, so gut es eben möglich ist, eine Skizze anfertigen, die auch vor Gericht Bestand haben wird. Dies verschafft Ihnen ein paar Stunden Zeit. Bis der Ortspolizist aus dem Bett getrommelt wurde und hier eintrifft, habe ich alles Nötige erledigt und werde eine eidesstattliche Erklärung abgeben. – Die kannst du inzwischen anfertigen, Albrecht. Einverstanden?«

Gedankenverloren betrachtete Krosick den aus der Wange des Apothekers hervorstehenden Zweig, der nunmehr wie ein Mahnmal des Todes unbewegt in die Höhe ragte. »Wie? Was meinst du?«, murmelte er. »Ach ja, eine Erklärung. Gut, die kann ich aufsetzen.«

»Einverstanden?«, fragte Bentheim den Arzt.

»Meinetwegen.«

»Danke sehr. Vielen, vielen Dank, Herr Bentheim«, sagte der Baron erleichtert. »Ich persönlich werde einen Tee für Sie aufbrühen. Und ich schicke einen Diener heraus, der Ihnen eine Kopfbedeckung bringen soll. Sie erfrieren mir sonst in dieser Heidenkälte.«

Julius lächelte dankbar, und Valentin von Falkenhayn schritt auf das Hauptgebäude zu.

»Sie sind Tatortzeichner?«, wollte der Doktor wissen.

Er nickte.

»Schon lange? Sie sind sehr jung, Herr Bentheim. Deshalb verzeihen Sie meine Impertinenz: Aber besitzen Sie auch ausreichend Erfahrung, um zu wissen, worauf es da ankommt? Welche Nuancen Sie zu berücksichtigen haben, welche Details Sie keinesfalls außer Acht lassen dürfen?«

»Ich studiere Jurisprudenz an der Friedrich-Wilhelms-Universität. Sie können beruhigt sein, ich weiß, was ich tue.«

Unversöhnlichkeit war keine von Dr. Dalwigs Charaktereigenschaften, und so klopfte er dem Studenten aufmunternd auf die Schulter und meinte: »Nun denn, an die Arbeit! Ich gehe Ihnen zur Hand. Sehen Sie, man bringt schon Stifte und Papier.«

Es dämmerte bereits, als die beiden Studenten und der Mediziner mit ihrer Arbeit fertig waren. Einer der Domestiken geleitete sie zum Schloss, ein anderer blieb zurück, um Totenwache zu halten. Im Haus hatte sich bedrückende Stille ausgebreitet. Der Baron begrüßte die Männer mit ernster Miene und bot ihnen an, ein Bad zu nehmen. Alles sei hergerichtet.

Dalwig lehnte ab; seine Frau warte auf ihn, er werde sich daheim frisch machen, es sei ja nicht weit. Dem

Baron gab er die Hand, und den zwei jungen Herren nickte er freundlich zu.

»Habe die Ehre, Herrschaften.«

»Und Sie?«, fragte der Hausherr, nachdem der Mediziner gegangen war. »Das Badewasser ist aufgewärmt. Es gibt zwei Wannen im Obergeschoss.«

Bentheim nahm die gestrickte Wollmütze ab, die ihm ein Diener nach draußen gebracht hatte, und strich sich über die wirr abstehenden Haare. An der Innenseite der Kopfbedeckung klebte Pomade.

»Sehr gern, Herr Baron.«

»Valentin. Ich bitte Sie, ich heiße Valentin.«

»Angenehm. Julius. Und dies ist Albrecht.«

Sie reichten sich die Hände, und wenig später lagen die zwei Freunde nackt in emaillierten Badewannen mit eisernen Löwenkopffüßen. Ihre Kleidung war in der Obhut einer Magd, der man aufgetragen hatte, sie mit einem Bügeleisen zu wärmen und für eine Viertelstunde auf die Sitzbank des Kachelofens in der Wohnstube zu legen.

»Herrlich, dass der Dalwig weg ist«, meinte Albrecht unbekümmert. »Sonst hätten wir knobeln müssen, wer zuerst hier rein darf. Hättest du dir gestern Nachmittag träumen lassen, dass wir heute wie die Könige baden?«

»Ich hätte mir nicht träumen lassen, dass wir heute in der ausgelaufenen Hirnmasse eines Pferdes stünden, Albrecht.«

»Der Gaul ist mir egal«, entgegnete er und planschte

mit den Händen im Wasser herum. »Ich teile da die Ansichten der Schlachter.«

»Auch, was die Menschen betrifft?«

Albrecht seufzte. »Ach, Julius, du bist viel zu ernst in letzter Zeit. Zugegeben, ein schrecklicher Unfall, natürlich. Aber ich kenne den Kerl nicht. Und an jeder Straßenecke in Berlin passieren tagtäglich irgendwelche Unglücke. Wo käme ich da hin, wenn ich das an mich heranließe? Carpe diem, mein Freund. Du musst einfach mehr unter die Leute kommen.«

Bentheim blieb eine Erwiderung schuldig. Geraume Zeit blickte er ins Leere, bevor er sich mit der Linken die Nase zuhielt und den Kopf unter Wasser tauchte.

Drittes Kapitel

IM NEBENZIMMER LAGEN IHRE KLEIDER BEREIT – gebügelt, zusammengelegt und noch wohlig warm vom Ofen. Und als die Studenten unten ankamen, erwartete sie der Baron. Er deutete auf eine Gruppe Biedermeiersessel aus hellem Birkenholz. Die Freunde setzten sich, und die freundliche Atmosphäre, die von jedem Biedermeiermöbel auszugehen scheint, hatte auch hier von dem Raum Besitz ergriffen. Behaglich lehnten sich die Studenten zurück. Julius strich mit dem Finger über die polierte glatte Oberfläche mit ihrer schönen Maserung.

Bentheim war ausgeruht, die Strapazen der vergangenen Nacht waren weit weg, und so störte ihn der untersetzte Mann in Amtstracht denn auch nicht, der neben Baron Falkenhayn stand und sie mit ernster Miene ansah.

»Dies ist Wachtmeister Haacke«, stellte ihn der Hausherr vor. »Dem Herrn Wachtmeister obliegt es, Ihnen … pardon, euch ein paar Fragen zu diesem tragischen Unglück zu stellen.«

Der Untersetzte nickte bloß, und als der Baron nichts mehr hinzufügte, kraulte er sich am Schnauzbart.

»Nun? Herr Wachtmeister?«, meinte Albrecht.

»Tja, äh …«, meinte Haacke, »nun ja, Sie waren zugegen?«

»Wir sind immer zugegen. Fragt sich nur, wobei.«

Albrecht, der das unsichere Auftreten des Dorfpolizisten erfasst hatte, fing sich von Julius einen bösen Blick ein.

»Tragen Sie es meinem Freund nicht nach, dass er leicht gereizt ist«, warf Bentheim geschwind ein, bevor Krosick noch weiteres Übel anrichten konnte wie schon öfters. »Wir alle sind schockiert wegen des Unfalls, dessen Zeugen wir wurden. Der Schrecken sitzt uns noch in den Knochen.«

Haacke nickte gutmütig, zog einen Sessel heran und ließ sich nieder, die Beine übereinandergeschlagen, ein kleines gebundenes Notizbuch auf dem Oberschenkel. Er setzte seinen angespitzten Grafitstift auf das Blatt und meinte: »Berichten Sie.«

»Was möchten Sie wissen?«

»Kannten Sie das Opfer?«

»Ich habe ihn gestern zum ersten Mal gesehen«, erklärte Julius.

Krosick nickte zustimmend. »Ich auch. Richtig aufgefallen ist er mir eigentlich erst bei der Séance.«

Mitten im Schreiben hielt der Wachtmeister inne. Sein Stift, der bis dahin so geschmeidig über das Papier geglitten war, ragte zwischen den versteift wirkenden Fingern hervor.

»Sie haben Geister beschwört?«, flüsterte er. »Hier im Schloss?«

»Ein kleines Amüsement für die Gäste«, unterbrach ihn der Baron. »Nichts Ernstes, eher eine Scharade.«

»Mit Geistern ist nicht zu spaßen«, erwiderte der bleiche Mann. »Sie sehen ja, was daraus erwachsen ist, welche Tragödie das nach sich gezogen hat.«

»Wir wollen mal die Kirche im Dorf lassen, Herr Wachtmeister. Die Silvesterfeierlichkeiten stehen in keinem Zusammenhang mit dem tragischen Tod des Apothekers. – Ausgenommen natürlich die Feuerwerksraketen.«

Unbeirrt blickte der Polizist die Studenten an, und Julius dachte an ein mechanisches Uhrwerk, das in seinem Kopf zu arbeiten begann. Die Stirn in Falten gelegt, meinte Haacke: »Die Séance – wie lief die ab?«

»Da die anwesenden Damen dem Pianisten den Vorzug gaben«, berichtete Bentheim, »waren wir eine kleine Gruppe. Mein Freund hier, Albrecht, und ich schlossen uns dem Baron an, der uns ins obere Stockwerk geleitete. Mit dabei waren die Literaten Möllhausen, Fontane und Retcliffe.«

»Retcliffe? Ein Ausländer?«

Das Flämmchen des beschränkten Geistes flackerte kurzfristig auf, um das eingefahrene Denkschema eines Dörflers zu offenbaren.

»Ein Deutscher«, korrigierte Julius nachsichtig. »Sein eigentlicher Name lautet Goedsche.«

»Gut, gut. Also Sie, Ihr Freund, Euer Hochwohlgeboren und drei Dichter. War sonst noch jemand anwesend?«

»Ein Herr Gruben.«

»Kenne ich, kenne ich.«

»Dann noch drei Militärs und natürlich Herr Arnd.«

»Natürlich, natürlich«, wiederholte der Wachtmeister. »Und dann, als Sie alle in der ersten Etage waren, was geschah dann?«

»Nun, wir betraten den Raum, der direkt über dem Saal liegt, und nahmen an einem runden Tisch Platz. Bereits anwesend waren das Medium sowie ein Mann, der die Séance leitete.«

»Und das Fräulein Babette!«, warf Albrecht ein.

»Wie? Die Baronesse war ebenfalls vor Ort?«

Valentin von Falkenhayn machte eine wegwischende Handbewegung. Der Ärger darüber, durch eine sinnlose Befragung wertvolle Zeit zu verlieren, war ihm deutlich anzusehen. »Die Baronesse ist ein junger Wildfang. Sie hatte sich heimlich eingeschlichen, um das Geschehen zu verfolgen.«

Albrecht lachte auf, als er an die vergangene Nacht dachte. »Ja, es war eine ziemliche Überraschung, als der ehrenwerte Generalmajor von Moltke die Beine streckte und der kleinen Babette ungewollt in die Seite trat. Ihr Schrei ließ Sir Retcliffe erst einmal wirklich an Geister glauben.«

»Ja, das war spaßig«, meinte der Baron versonnen lächelnd.

Der Wachtmeister starrte sie alle der Reihe nach an: zuerst Julius, dann dessen Freund, schließlich den Hausherrn. Wortlos besah er sein Notizbuch, blickte wieder hoch, um kurz darauf erneut auf die Seiten zu starren. Leise murmelte er etwas, und als ihn niemand verstand, wiederholte er seine Worte: »Sie waren 13 gestern Nacht? Und Sie haben den Sonntag, den Tag des Herrn, mit einer Geisterbeschwörung geschändet?«

»Nun machen Sie mal halblang«, empörte sich der Baron. »Wir leben im 19. Jahrhundert und nicht im Mittelalter.«

»Sie waren zu dreizehnt! Und nun ist einer tot.«

Albrecht Krosick richtete sich amüsiert in seinem Sessel auf, den Oberkörper nach vorn gebeugt, den Dorfpolizisten betrachtend, als wäre er ein Studienobjekt auf dem Seziertisch. Die Welt der Wissenschaft, die in Berlins berühmten Universitäten so propagiert wurde, war anscheinend noch nicht bis nach Buckow und in die Märkische Schweiz vorgedrungen.

»Sie belieben zu scherzen«, meinte Julius pikiert. »Nehmen Sie unseren Bericht zur Kenntnis, den mein Freund verfasst hat, und schauen Sie sich meine Zeichnungen an. In einer Skizzenabfolge habe ich den Verlauf des Unfalls festgehalten. Studieren Sie das, und dann urteilen Sie.«

Der Wachtmeister klappte voll Ingrimm sein Notizbuch zu und reichte dem Baron die Hand. Sein Händedruck war schlaff, doch die Worte, die er zum Abschied wählte, waren ungewohnt angriffig: »Ich werde zu keiner Zeit die Ernsthaftigkeit des Anlasses vergessen, meine Herren, auch nicht meine eigene verantwortungsvolle Position. Sie wissen, was es mit dem Dreizehnten auf sich hat? Ein altes Synonym für den Teufel. Gestern wurde Satan geweckt, und heute liegt ein Toter in Ihrem Garten.«

Viertes Kapitel

VIER TAGE SPÄTER, am Freitagabend des ersten Wochenendes im neuen Jahr, befanden sich Julius Bentheim und Albrecht Krosick auf dem Weg zur Matthäikirchstraße. Sie gönnten sich einen Spaziergang durch das winterliche Berlin und liefen zwischen der Spree und dem Tiergarten die Gegend ab, die erst vor wenigen Jahren eingemeindet worden war. Von Weitem sahen sie – über die Dächer der Bürgerhäuser hinausragend – den schlanken Turm der Kirche, der das Viertel seinen Namen verdankte.

Bald erreichten sie das dreischiffige Gotteshaus und bogen um die nach Süden ausgerichtete Apsis. Wacker schritten sie aus, sodass ihr heißer Atem Nebeldunst glich, der in der kalten Luft verwehte.

»Wer wohl heute anwesend sein wird? Etwa Fontane?«, mutmaßte Julius.

»Geschenkt«, meinte Albrecht fröstelnd. »Hauptsache, es gibt Gebäck oder Kuchen. Was wäre ein Salon ohne Verpflegung? Nichts gegen geistige Nahrung, aber eine körperliche Saturiertheit ist mir weitaus lieber.«

»Plenus venter non studet libenter*, Albrecht.«

»Calvinistischer Unsinn! So etwas Dummes aber auch …«

Als sie die Matthäikirchstraße erreichten, deutete Julius auf einen Zweispänner, der weiter unten, auf Höhe der Hausnummer 18, gehalten hatte und eben wieder anfuhr. Ruckelnd setzte sich das Gefährt in Bewegung und verschwand in der abendlichen Dunkelheit.

---

* Ein voller Bauch studiert nicht gern.

»Wir werden zumindest nicht allein sein«, bemerkte Bentheim.

Krosick warf ihm schnell einen Seitenblick zu und meinte: »Ist auch besser so, Julius. Du brauchst Ablenkung. Die Geschichte mit Filine hast du noch immer nicht verdaut.«

»Ich frage mich, wo sie ist.«

Unbewegt sah er geradeaus, und für einen Moment schien es Albrecht, als wären die Gesichtszüge seines Freundes zu einer undurchdringlichen wächsernen Maske erstarrt. Im flackernden Gaslicht einer Straßenlaterne blieben sie stehen. Krosick legte Julius wortlos einen Arm auf die Schulter.

Vor wenigen Monaten war Bentheims Beziehung zu Filine Sternberg, einer 16-jährigen Pastorentochter aus dem Geheimratsviertel, zerbrochen. In einer der großbürgerlichen Stadtvillen war der Student lange Zeit ein und aus gegangen, da er Gottfried Sternberg seine Dienste als Zeichner angeboten hatte: Für den hageren, weltabgewandten Mann Gottes fertigte er eine Serie von Heiligenbildchen an. Dies tat er weniger aus religiösem Eifer heraus, sondern vielmehr deshalb, weil ihn die Schönheit der Tochter in Bann geschlagen hatte. Filine und er kamen zusammen, sehr zum Ärger des Priesters, und noch bevor es diesem gelang, der jungen Liebe einen Riegel vorzuschieben, war Filine mit Bentheims Hilfe von zu Hause geflüchtet und zu ihm gezogen.

Doch weil Fortuna eine missgünstige Dirne ist, die sich mal jenem, mal einem anderen an den Hals wirft, vergingen die Wochen des gemeinsamen Glücks und gipfelten in einem entmutigend brutalen Ende: Der Pastor hatte ihr Versteck ausfindig gemacht und Filine ihrem Geliebten entrissen.

»Wo ist sie, Albrecht?«, wiederholte Julius gequält. »Wo ist mein Finchen? Wie kann ich sie finden?«

Krosick schwieg.

Zu lange war Filine schon verschwunden, zu lange gab es keine Spur von ihr. Damit Filines Ehre nicht gefährdet wurde, schwieg Julius Bentheim und erzählte niemandem, dass sie zu ihm gezogen war. Ihr gemeinsamer Plan hatte vorgesehen, den Pastor zu zwingen, einer Heirat seinen Segen zu geben. Doch Gottfried Sternberg drehte den Spieß um, indem er behauptete, seine Tochter weile bei Verwandten in Bremen.

Niemand aus seinem Kirchsprengel hatte je erfahren, dass sie von Julius entführt worden war, und auch niemand wusste, dass ihr Vater sie wieder gefunden hatte.

»Es geht ihr bestimmt gut«, meinte Albrecht schließlich. »Der Pastor liebt sie. Er ist ein gottesfürchtiger Mensch.«

»Genau das ängstigt mich«, murmelte Julius. »Gottesfürchtig bis zur Verbohrtheit.«

»Komm jetzt, es ist kalt. Schau, eine weitere Kutsche ist vorgefahren.«

Bentheim atmete tief ein und aus, als ob dies genügte, all die Schrecken, die in seinem Innern wüteten, zu vertreiben. Dann hielt er auf die Hausnummer 18 zu.

Es war die Hausherrin persönlich, die ihnen öffnete. Albrechts unmaßgeblicher Meinung nach bildeten die sanft blickenden Augen mitten in dem kugelförmigen Kopf den einzigen Vorzug der etwa 55-jährigen Frau. Ansonsten hatte sie eine außergewöhnlich hohe Stirn, den Ansatz zum Doppelkinn und eine matronenhafte Figur. Aus Julius' Sicht hingegen war sie eine vollkommene Dame. Die gelassene Freundlichkeit, mit der sie die beiden Männer begrüßte, legte Zeugnis ab von ihrer weltgewandten Art. Und dies war es, was der Tatortzeichner an ihr schätzte.

»Die Herren Bentheim und Krosick«, stellte Fanny Lewald lächelnd fest und machte eine einladende Handbewegung. »Nur hereinspaziert, ein wenig Finesse wird unseren Diskussionsrunden die nötige Frische verleihen. Neben all den verqueren Literaten ist manchmal ein präziser juristischer Kopf eine wohltuende Abwechslung.«

»Unter welchem Banner steht denn der heutige Salonabend?«, wollte Julius wissen. »Irgendwelche bevorzugten Themen?«

Fanny schloss die Tür.

»Es wird Sie wohl nicht sonderlich überraschen«, sagte sie, »dass Ihr Abenteuer der Silvesternacht noch immer hohe Wellen schlägt.«

Julius entgegnete: »Das war jetzt literarisch ausgedrückt: ›Abenteuer der Silvesternacht‹. Als ob wir einer Geschichte des alten Gespenster-Hoffmann entsprungen wären.«

»Wir alle sind womöglich bloß Figuren in irgend-jemandes Geschichte, Julius.«

»Fast wäre ich versucht zu entgegnen: eine typisch jüdische Antwort.«

Fanny Lewald lachte; es war ein helles und klares, fast schon kindliches Lachen, das im völligen Widerspruch zu ihrem Äußeren stand.

»Warum nur versucht?«

»Es wäre zu klischeehaft.«

»Ach, Motive und Klischees. Die böse Stiefmutter, die durchtriebene Schöne, der griesgrämige Alte – und natürlich der Jude mit seiner alles hinterfragenden Philosophie. Dumm nur, dass ich christlich getauft wurde. Und obendrein bin ich ein Weib«, fügte sie ironisch hinzu. »Nach allgemein vorherrschender Meinung kann ich gar nicht selbstständig denken.«

»Das ist eine andere Geschichte«, seufzte Julius, und Fanny Lewald fasste ihn am Arm und führte die Studenten vom Flur in eine Nebenstube, wo sie die beiden sich selbst überließ.

In der Wand zur Rechten befanden sich mehrere Nischen, die an Erker erinnerten und die teilweise durch überfrachtete Bücherregale voneinander getrennt waren. Eine überschaubare Anzahl Gäste war anwesend. Einige saßen auf Sofas und Ledersesseln, andere hatten sich neben Beistelltischchen zu kleinen Gruppen gefunden. Kristallene Sektgläser in den Händen haltend, diskutierten sie angeregt.

Der unvergleichliche Charakterkopf Theodor Fontanes wurde inmitten einer Runde sichtbar, und Albrecht und Julius steuerten auf den ehemaligen Apotheker zu, der sie freudig begrüßte.

Fünftes Kapitel

»Darf ich vorstellen?«, meinte der Dichter, indem er sich an seine Gesprächspartner wandte. »Zwei Freunde im Geiste und gleichzeitig auch die Protagonisten unserer eben geführten Unterhaltung: Dies sind Julius Bentheim und Albrecht Krosick.«

Eine Dame Anfang 40 und mit in der Mitte gescheiteltem, langem braunem Haar reichte ihnen die Hand. Die Studenten küssten ihren seidenen Handschuh, und die Frau, deren Nase etwas länglich war und deren Augenbrauen in einem halbmondförmigen Bogen ausliefen, meinte: »Es ist mir eine Freude, wahrlich, eine Freude.« Ihre Stimme klang auf so natürliche Art liebreizend, dass es keineswegs gekünstelt wirkte.

»Ihre Hoheit Johanna von Bismarck«, stellte Fontane die Frau vor.

Die Studenten verbeugten sich zusätzlich – auch vor den anwesenden Herren –, und Julius gelang es dadurch, seine Überraschung zu verbergen.

»Sie also sind die wackeren Streiter, die es mit der Buckower Gendarmerie aufgenommen haben«, bemerkte die Gräfin gut gelaunt. »Einer Ihrer Tischgenossen tafelte gestern bei uns. Leider Gottes sah er sich nicht in der Lage, über den schrecklichen Unfall zu berichten.«

»Wer war denn der Gast, Gräfin?«, fragte Bentheim.

»Generalmajor von Moltke.«

»Der große Schweiger«, meinte Albrecht spitz. »Kein Wunder, dass Sie nichts erfahren haben. Dem Gerede der Leute nach muss man ihm mit dem Hammer auf den Zeh schlagen, damit er den Mund aufmacht.«

Fontane, der für die konservative Kreuz-Zeitung tätig war, zu deren Gründungsmitgliedern Otto von Bismarck zählte, stockte der Atem, als er den Jungspund so reden hörte. Zu seiner und auch zu Julius' Erleichterung jedoch bestätigte die Gräfin seine Aussage. Mit einem wissenden Lächeln auf den Lippen, das sie mehr als nur sympathisch machte, meinte sie: »Ja, ja, die einen loben Herrn Moltkes Umgangsformen und rühmen sein taktvoll zurückhaltendes Wesen und seine Diskretion. Wir anderen aber, die es besser wissen, sprechen die Wahrheit aus: Der Generalmajor ist ein wenig mundfaul, er hasst es, zu reden.«

»Er könnte auch beim besten Willen nichts berichten«, mischte sich Fontane ein. »Mit seinen zwei Adjutanten war er bereits abgefahren, als Herr Arnd unter die Hufe kam.«

»Umso besser für uns, zwei weitere Augenzeugen in unserer Mitte zu wissen«, entgegnete einer der Männer, der unschwer als der Amerikareisende Balduin Möllhausen zu erkennen war; denn wiederum trug er eine Felljacke nach Trapperart. Er griff nach zwei Gläsern Weißwein, die ein eben herangetretener Bediensteter auf einem Tablett anbot, und reichte sie den beiden Studenten. »Aber so erzählen Sie doch: Stimmt es, dass die Polizei dem Baron Vorwürfe hinsichtlich seiner Abendunterhaltung machte?«

»In der Tat entbehrte die Situation nicht einer gewissen Komik«, bemerkte Albrecht. Er nahm einen Schluck, seine Zunge fuhr kurz über die Lippen, um einen Tropfen aufzufangen, und dann berichtete er ausführlich von dem morgendlichen Gespräch auf dem Landschloss.

Die Gräfin Bismarck klatschte spielerisch Beifall, als er geendet hatte. »Faszinierend«, meinte sie. »Dieser Dorfpolizist muss ein Original sein, ein Atavismus auf zwei Beinen.«

Theodor Fontane schüttelte munter den Kopf, als er eine Anmerkung einwarf: »So überholt sind diese Ansichten nun auch wieder nicht. Die offiziellen Vertreter unserer zwei christlichen Kirchen wettern zwar in ihren Predigten stets über alle Arten von Weissagungen, aber dennoch schaffen sie es nicht, allem volkstümlichen Aberglauben den Garaus zu machen. Denken Sie doch nur an das Bleigießen oder Kaffeesatzlesen. Im Prinzip alles Mumpitz, aber trotzdem beliebt bei Alt und Jung.«

Möllhausen nickte. »Vergessen Sie nicht den unheilschwangeren Zeitpunkt«, mahnte er. »Seit jeher gelten zum Beispiel die Andreas-, die Thomas- oder auch die Johannisnacht als besondere Schicksalszeiten. Natürlich darf in meiner Aufzählung Silvester nicht fehlen.«

Fontane fuhr sich mit den Fingern durch den Backenbart und fügte sinnierend hinzu: »In Ostpreußen wird an diesem Abend der Ofen besonders stark geheizt, damit auch die toten Seelen sich wärmen können. Ganz Königsberg gleicht dann einem Dampfbad. Und im Erzgebirge wird dem zuletzt verstorbenen Familienmitglied in der Silvesternacht immer ein zusätzliches Gedeck hingestellt.«

»Da fröstelt es einen«, lachte die Gräfin. »Zu Tische sitzen mit einer Leiche.«

»Für Wachtmeister Haacke wäre es bitterer Ernst«, warf Julius ein. »Ich glaube, so ein präventiver Totenbrauch ist ganz nach seinem Geschmack. Leider auch der Glaube an verhängnisvolle Zahlenmystik.«

»Die 13?«

»Ja, die 13.«

»Beim letzten Abendmahl waren 13 anwesend, und es ist hinlänglich bekannt, wie verhängnisvoll es ausging.« Die Gräfin, die pietistisch erzogen worden war, bekreuzigte sich, ehe sie fortfuhr. »Seither verknüpfen wir die 13 mit Unglück, Pech und Missgeschick.«

»Da muss ich widersprechen, Gräfin. Schon das Buch Esther berichtet von einem Befehl des Perserkönigs Ahasveros, am 13. Tag des zwölften Monats alle Juden in seinem Reich zu töten. Und die nordische Mythologie, die uns Preußen so sehr vertraut ist, erzählt von einem Gastmahl der zwölf Götter, zu dem sich Loki, der ungeladene Gast, gesellt und Unruhe stiftet. Als 13. bringt er das Unglück in die Hallen Asgards und verursacht den Tod des Lichtgottes Balder.«

Erstaunt sah Krosick seinen Freund Julius an. Julius zuckte die Schultern und meinte – beinah entschuldigend – mit leiser Stimme: »So etwas schnappt man eben auf, wenn man einer Pastorentochter den Hof macht.«

Für einen kurzen Moment sprach keiner ein Wort.

Julius Bentheim nippte an seinem Weinglas und ihm war, als hätte sich ein Schleier der Befangenheit über die Gruppe gelegt. Er ahnte, dass die Anwesenden um seinen Liebeskummer wussten. Wenn ein ernster junger Mann die Frau seines Lebens gefunden hat, ist das Scheitern seiner Hoffnungen nämlich alles andere als ein kleines Unglück für ihn, und seine Freunde hier waren sich darüber im Klaren, dass man Bentheims Sorgen keineswegs als trivial oder sentimental abtun durfte.

Nur die Gräfin blickte leicht irritiert in die Runde, bevor sie zu einer amüsanten Geschichte anhob, um das peinliche Schweigen zu brechen: »Vor dreieinhalb Jahren, als mein Gemahl als Gesandter in Paris weilte, lud er oft zu Soireen im Palais Beauharnais. Bisweilen wurde einer der Lakaien als Quatorzième angestellt. Stellen Sie sich das vor: Die Franzosen haben ein eigenes Wort dafür!«

»Ist es das, wofür ich es halte?«, brummte Möll-hausen.

»Ja, eine Art professioneller Gast, der verhindert, dass 13 Gäste an der Tafel sitzen. Die Franzosen haben einen eigenen Berufsstand dafür. Es gibt Leute, die Tausende von Francs damit verdienen, jeden Abend gut essen zu gehen und sich zu unterhalten.«

»Eins muss man ihnen lassen: Das Savoir-vivre besitzen sie, die Franzosen.«

»Wir haben es dafür nicht nötig«, meinte der Abenteuerschriftsteller.

Krosick lächelte maliziös.

»Glauben Sie? Würden Sie sich eventuell nicht doch ein wenig unwohl fühlen in einer Gesellschaft, die aus 13 Personen besteht?«

»Pah! Wo kämen wir denn hin, wenn wir haltlosen Aberglauben unterstützten?«

»Ich muss gestehen«, meinte die Gräfin, »dass mir – bei aller Aufgeklärtheit, die ich an den Tag legen möchte – doch ein wenig mulmig zumute wäre.«

Mit seiner Hand wischte der Amerikareisende eine imaginäre Fluse von seiner Felljacke und beharrte auf seiner Meinung: »Jederzeit, an jedem Ort – zeigen Sie mir zwölf Leute, und ich geselle mich zu ihnen.«

»Eine fabelhafte Idee! Gehen wir die Sache okkultistisch an, um just zu beweisen, dass der Okkultismus überholt ist«, ereiferte sich Theodor Fontane. »Gründen wir einen Okkultisten-Bund!«

»Mit 13 Mitgliedern?«

Der Dichter sah Julius amüsiert an. »Natürlich, was denn sonst? Setzen wir uns den dummen Vorurteilen entgegen.«

Krosick, wie immer für jede Schandtat zu haben, zeigte sich begeistert. »Ich bin dabei!«, rief er. »Aber es muss bekannt gemacht werden. Es macht keinen Spaß, sich im Geheimen zu amüsieren. Die Welt soll von uns wissen. Das wird ein Schabernack, der sich gewaschen hat. Schlag ein, Julius, mein Freund. Auf den Bund der Okkultisten!«

Zögernd ergriff Bentheim die Hand seines Freundes, um sie zu schütteln.

»Auf den Bund!«, wiederholte er, und die Umstehenden klatschten begeistert Beifall. Fontanes Augen blitzten verschmitzt auf, und Möllhausen kicherte sogar, als Krosick den Arm um ihn legte. Mit dem Gesichtsausdruck des Mannes von Welt, der nichts von Glaube oder Religion hält und einzig auf die Wissenschaft schwört, schaute Bentheim in die Runde. Doch in seinem Innern hatte sich längst der unheilvolle Same der Vorsehung eingenistet und zu keimen begonnen.

Sechstes Kapitel

DIE NOVIZIN BEFAND SICH ETWAS ABSEITS von den übrigen Klosterfrauen. Diese hatten sich um ihre Vorsteherin gruppiert und lauschten andächtig deren Ausführungen. Es war Sonnabend, der Festtag der Heiligen drei Könige. Mutter Caritas dozierte über Barmherzigkeit und Demut, und nur ab und an schwappte ein Wort zu dem jungen Mädchen herüber, das gedankenverloren am Ufer des Großen Stechlinsees stand und auf die vereiste Fläche hinausstarrte. Als sich von den Ästen einer nahen Kiefer der Schnee löste und krachend zu Boden fiel, riss der Lärm sie aus ihren Träumereien.

Es war das erste Mal seit Wochen, dass Schwester Filine in einer Art persönlicher Ungestörtheit den freien Himmel betrachten konnte, ohne dabei an die schmutzige Arbeit bei der Jauchegrube erinnert zu werden. Ihre geschorenen Haare wurden von einer weißen Haube bedeckt, dem Zeichen, an dem man gemeinhin das Noviziat erkannte.

In der letzten Oktoberwoche hatte ihr Vater, Pastor Sternberg, sie gegen ihren Willen im Kloster Lindow abgeliefert. Sie hatte sich gewehrt, als sie bei Nacht und Nebel in einer verdunkelten Chaise vorgefahren waren. Sie strampelte, sie schrie, sie kratzte – und als Mutter Caritas ihr bei der Begrüßung beruhigend die Hand auf die Stirn legen wollte, biss ihr Filine in den Daumen.

Wenig später, als der hagere 40-Jährige mit dem bleichen, abgehärmten Gesicht in der Gästestube des Klosters hockte, verband sich die Oberin die Hand mit Mullbinden.

»Es tut mir schrecklich leid, Ehrwürdige Mutter«, bemerkte der Pastor.

Die Ordensfrau schüttelte abwehrend den Kopf.

»Lediglich ein Beweis mehr für die Richtigkeit Ihrer Befürchtungen. Das arme Mädchen muss an Geist und Seele gesunden. Die Abgeschiedenheit wird ihr guttun. Wir pflegen das regelmäßige Gebet, Pastor. Kontemplation löst die Verwirrung ihrer Gedanken.«

Sternberg senkte den Blick und musterte die blank polierte Tischplatte.

»Die Lust ist schuld daran«, begann er schließlich. »Üble Fleischeslust. Im Taumel des Geschlechtlichen stürzen wir Menschen ins Dunkel, wo Teufel und Dämonen bereits mit schnappenden Kiefern und sichelnden Krallen auf uns lauern. Niemand rettet uns, wenn da nicht die lichten Engel wären, die uns kraft unseres Gebetes zu Hilfe eilen.«

»So ist es, Pastor«, nickte Mutter Caritas.

»Ist sie gut aufgehoben bei Ihnen?«

»Sie wird gezüchtigt und gestreichelt, gemahnt und gelobt. Gott, der Herr, wird sich wie ein Siegel auf ihr Herz legen, wie ein Siegel auf ihren Arm.«

»Schön gesprochen, Ehrwürdige Mutter. Amen.«

»Amen«, flüsterte sie.

Geraume Zeit sprachen sie kein Wort, bis der Pastor meinte: »Niemand darf erfahren, dass sie hier ist. Zumindest nicht die nächsten paar Monate. ›Die Welt vergeht mit ihrer Lust‹, und Männer sind nun einmal lustvolle Wesen. So auch dieser Bentheim. Bald wird er sich der Nächsten zuwenden, und dann ist mein Finchen in Sicherheit.« Er langte in seinen Umhang und zog einen bereits ausgefüllten Bankwechsel hervor, den er über den Tisch schob. »Ich hoffe, dies wird Ihre Unkosten zur Genüge decken.«

Verständnisvoll nickte die Schwester, wobei sie sich den Daumen rieb.

Inzwischen hatte das neue Jahr Einzug gehalten, und Filine Sternberg hatte sich den Tagesablauf des Konvents verinnerlicht. Lindow, das im 13. Jahrhundert ein Zisterzienserinnenkloster gewesen war, wandelte sich später, zu Zeiten der Reformation, zu einem evangelischen Damenstift. Bis vor zwei Jahrhunderten noch begütert und einflussreich, präsentierte es sich mittlerweile verfallen und bedeutungslos.

Die Leiterin, Mutter Caritas, war eine robuste 60-Jährige mit Hakennase, was wohl mit ein Grund für ihren Groll gegen die Welt war. Sie schikanierte ihre wenigen Ordensschwestern, wann immer sich ein Anlass fand, und führte das Kloster mit strenger Hand. Zwei parallel verlaufende Trümmerlinien bildeten den Kern der Anlagen: Während in den einen Mauerresten Ställe, Schuppen und Wäschekammern untergebracht waren, befanden sich auf der ihnen gegenüberliegenden Seite die Unterkünfte der Schwestern. Es verstand sich von selbst, dass die größte Wohnung der Mutter Oberin vorbehalten war. Das Augenfälligste am Kloster war die mächtige Giebelwand – ein Relikt der alten Größe des Konvents –, auf deren Spitze sich ein verlassenes Storchennest befand.

Noch am Tag ihrer Ankunft wurde Filine in eine Kammer gesteckt, die eigentlich als Zwischenraum oder Abstellkammer zweier Wohnungen gedient und die man notdürftig geräumt hatte. Zwei Türen führten aus dem engen Zimmer, beide verriegelt. Lediglich ein kleiner Tisch mit Stuhl, eine mit Stroh gefüllte Matratze sowie die Bibel und ein Kruzifix überließ man Filine.

»Lasst mich raus!«, rief sie. »Hilfe, lasst mich raus!«

Zwei Tage und zwei Nächte lang schrie sie, bis sie heiser war und sich nur noch ein Krächzen ihrer Kehle entrang. Als sie schluchzend auf ihr Lager sank, öffnete sich eine der Verbindungstüren. Das Gesicht einer Frau, die etwa doppelt so alt wie sie selbst sein mochte, betrachtete sie mitleidig. Die Ordensschwester betrat den Raum. In den Händen trug sie einen mit Wasser gefüllten Zuber. Ohne ein Wort zu verlieren, löste sie die von Kot und Urin verschmutzte Kleidung, die Filine seit ihrer Abfahrt aus Berlin getragen hatte, und tauchte einen Schwamm ins kalte Wasser, um das Mädchen zu reinigen. Nach getaner Arbeit raffte sie die Kleidung zu einem Bündel zusammen und verließ das Zimmer – nur um kurz darauf mit den zusammengefalteten einzelnen Teilen des dunklen Ordenshabits zurückzukommen, die sie auf den Tisch legte: Unterwäsche, Tunika, Skapulier.

Filine fror. Wasser tropfte ihr von der nackten Haut, und sie besaß kein Handtuch, um sich zu trocknen. Mit der trotzigen Wut der Unversöhnlichen fegte sie die Kleidungsstücke zu Boden. Dann, als sie ihre Situation mit klarerem Kopf bedachte, hob sie die Tunika auf, um sich zumindest damit zu frottieren.

Zwei weitere Tage vergingen, bis Schwester Filine, wie man sie fortan nannte, ihr Essen gemeinsam mit den anderen Ordensschwestern einnehmen durfte. Sie alle trugen den schwarzen Überwurf, der aus einem vorn und hinten beinah bis zum Fußboden reichenden Tuch bestand. An den Schultern war er breiter, auf Saumhöhe geringfügig schmaler, und Filine hasste seine schrecklich kratzige Beschaffenheit. Sie aßen gemeinsam, sie beteten gemeinsam, ja selbst die Notdurft allein zu verrichten, war ihr nicht gestattet – stets war jemand in der Nähe.

»Ich muss mich erleichtern«, wandte sich Filine Sternberg in dieser ersten Woche an Mutter Caritas. Wenigstens auf dem Abort, so dachte sie, würde sie allein sein und könnte eine Möglichkeit zur Flucht ersinnen.

Mit durchdringendem Blick sah die Oberin das jüngste der ihr anvertrauten Mündel an.

»Ich werde Anweisung geben, dir einen Leibstuhl zu bringen, Schwester Filine.«

»Einen Leibstuhl?«

»Er wurde mit Weihwasser gesegnet, Schwester Filine. Dies mindert das Schamvolle des Defäkierens. Schwester Verena wird die Notdurft überprüfen und den Nachttopf für dich leeren.«

Wenig später trug eine verhärmt dreinblickende Frau eine Art hölzernen Sessel in Filines Kammer. Sie keuchte, als sie ihn in einer Ecke abstellte, und deutete missmutig auf die Sitzfläche. Die Rückenlehne war gepolstert, wobei einige dunkle Flecken den Bezug verunstalteten, von denen Filine nicht wissen wollte, wie sie entstanden waren. In der Mitte befand sich eine kreisrunde Öffnung mit Metalleimer. Eine rote Haarsträhne löste sich aus der Haube, als Schwester Verena sich bückte, um den Deckel zu heben.

»Beeile dich«, meinte sie wortkarg.

»Ich werde an die Tür klopfen, sobald ich fertig bin«, entgegnete Filine.

Doch die Schwester machte keine Anstalten, den Raum zu verlassen. »Beeile dich«, wiederholte sie tonlos und ohne Gefühl.

Dies war Filines erste Begegnung mit Schwester Verena gewesen, und in der Folge lernte sie jeden Tag aufs Neue, diese alles und jeden misstrauisch beäugende Person zu hassen. Die Rothaarige ließ sich über die Notdurft im Allgemeinen und jene von Filine im Besonderen aus und erklärte im Brustton der Überzeugung, Jesus Christus, ihrer aller Gemahl, habe zwar getrunken und gespeist, aber ihm allein sei es vergönnt gewesen, nie die Notdurft verrichten zu müssen. Kot sei etwas Unschickliches, etwas Schamvolles, und ihr obliege es, Schwester Filine darin zu unterweisen, den eigenen Körper als ein Gefäß zu betrachten, das gereinigt werden solle.

Bereits in der zweiten Woche hatten sich ihre Rollen vertauscht. Mit einer ledernen Gerte schulte Schwester Verena Filine im Leeren der Kübel. Zweimal am Tag gingen sie von Zelle zu Zelle, und während die Ältere mit der Rute einen bedrohlichen Takt auf ihrer Handfläche angab, trug das Mädchen die Eimer zur Jauchegrube in der Nähe des Klosterfriedhofs, um sie dort auszuschütten.

Tagein, tagaus war Filine Sternberg ihrer Arbeit nachgegangen, wenn nicht gerade ein Stundengebet ihr Werk unterbrach. »Siebenmal am Tage singe ich Dein Lob, und des Nachts stehe ich auf, um Dich zu preisen«, zitierte Mutter Caritas das Buch der Psalmen, als sie Filine über den Tagesablauf des Damenstifts instruierte. Zur Laudes lasen sie drei Psalmen und sangen ein Responsorium, einen Hymnus und das Kyrieeleison, wobei sie mit dem Segen und dem Stundengebet abschlossen. Zur Sext stimmten sie ein Hochlied an, wiederholten das Kyrieeleison, sprachen das Vaterunser und Martin Luthers ›Verleih uns Frieden gnädiglich‹. Die Vesper schließlich entsprach beinah dem Morgengebet, mit dem einzigen Unterschied, dass zusätzlich noch das Magnificat gesungen wurde, und das Nachtgebet beinhaltete ein Sündenbekenntnis, wiederum das Kyrie, das Vaterunser, ein Schlussgebet sowie Lobpreis und Segen.

Die Tage ähnelten sich in ihrer Eintönigkeit.

Saß Filine nicht in ihrer Kammer, so kniete sie in der kalten Klosterkapelle auf dem Boden und gab sich dem einschläfernden Singsang der Gebete hin. Mit der Zeit lernte sie diesen Ablauf schätzen, denn hier ließ sie ihre Gedanken schweifen, hier beschwor sie das Bild ihres Julius herauf. In einer Illustration des Gesangsbuchs entdeckte sie einen dunkelhaarigen Jüngling, der plötzlich Bentheims Gesichtszüge annahm, und wenn sie zum Heiland blickte, der über dem Altar an einem Kruzifix hing, sah sie ihren Geliebten. Trotz allem wusste sie, dass es ein Trugbild war.

Und nun, an diesem Festtag der Heiligen drei Könige, als Mutter Caritas ihre Schar Ordensschwestern zu einem Ausflug um sich gesammelt hatte, starrte Filine, die Novizin mit dem geschorenen Haupt, auf den gefrorenen Stechlinsee hinaus. Sie musste sich nicht einmal umdrehen, sie spürte Schwester Verenas lauernde Blicke auch so im Nacken.

»Trödle nicht herum!«, rief die Rothaarige.

Filine reagierte nicht. Zu ihren Füßen ragten zwei handgroße Steine aus dem Schnee, und sie bückte sich, um sie aufzuheben. Ein eisiger Wind brauste über die spiegelglatte Fläche des Sees ans Ufer und zerrte an ihrer Haube. Irgendwo auf der anderen Seite musste Rheinsberg liegen. Die Novizin blickte in die Ferne, wo sich der diesige Nebel aus einem Kiefernwäldchen erhob. Kurz warf sie einen Blick zurück auf Mutter Caritas, die ihr heute mehr durchgehen ließ als üblich, und dann eilte sie los.

Die ersten Schritte über das Eis fühlten sich an, als fiele eine Last von ihr. Filine war es, als schwebte sie, als eilte sie einem weit entfernten, nicht mehr irdischen Ziel entgegen. Sie hatte die Tunika gerafft, sodass sie weit ausschreiten konnte, ohne mit dem Saum den Schnee zu verwehen, und in der Stoffbahn, die sie wie eine Schürze hielt, kullerten die zwei Steine umher.

»Filine!«, riefen einige der Schwestern aufgebracht. »Komm zurück! Das Eis wird dich nicht halten!«

Doch Filine rannte. Sie rannte und glitt aus, sie fiel hin und rappelte sich wieder auf. Zehn Meter weit, 15 Meter, 20, 30 …

Wie Gottes dräuender Racheengel baute sich Mutter Caritas am Ufer auf und deutete mit dem Zeigefinger auf die flüchtende Novizin. Ihr Ruf gellte zu dem Mädchen hin, das nicht innehielt, bis es ausreichend Abstand zu den Schwestern gewonnen hatte. Irgendwo zog ein Kranich seine Runden, und der Nebel vom anderen Ufer schwappte immer mehr in die ebene Fläche hinein und schien nach dem Eis zu lecken.

Tränen nässten Filine Sternbergs Augenwinkel, als sie an Julius dachte. Hoch erhob sie die Arme in die Luft und schmetterte die Steine mit aller Kraft, die sie aufzubringen vermochte, auf den brüchigen

Untergrund. Einer der Steine zersplitterte, während der andere in der Eiskruste stecken blieb. Verzweifelt bückte sie sich, um ihn herauszuziehen, und als es nicht gelang, trat sie mit den Sohlen ihrer Schuhe danach. Ein fein gesponnenes Netz von Gitterlinien breitete sich von ihm aus, die Linien verzweigten sich, und als Filine mit den Füßen aufstampfte und auf und ab sprang, verbreiterten sich die Risse.

»Aufhören! Halte ein!«, rief Schwester Verena, die sich aufs Eis gewagt hatte und sich vorsichtig näherte.

Der Stein hatte sich gelockert. Ehe er im Wasser versinken konnte, packte ihn Filine und wickelte ihn in das Skapulier ein, das sie wie eine Steinschleuder immer wieder auf die Eisfläche herunterfahren ließ. Als die Schwester nur mehr wenige Meter von ihr entfernt war, hielt die Novizin keuchend inne. Wasser sprudelte aus dem Boden, die kleinen Eissplitter wurden weggespült, und wie der schwarze Schlund eines urzeitlichen Seeungeheuers offenbarte sich die Öffnung im Eis.

»Nicht, Schwester Filine, bitte nicht!«

Was hält mich denn noch hier?, dachte die Novizin, aber sie vermied es, auch nur ein einziges Wort an die verhasste Frau vor ihr zu verschwenden. Der Stein glitt ins Wasser, als sie ihn auswickelte, um ihre beiden Hände so in den Überwurf einzuschlagen, dass sie sich nicht mehr befreien konnte.

»Filine, bitte«, stammelte Schwester Verena und trat vorsichtig einen Schritt näher. Doch das berstende Eis hielt sie auf Abstand.

Filine Sternberg ließ den Blick melancholisch über das in gespenstischer Ruhe liegende Ufer schweifen, bevor sie ein paar wenige Schritte nach hinten tat, tief Atem holte und sich wieder nach vorn in Richtung Loch warf. Wellenartig durchfuhr die Kälte ihren Körper, Stiche wie von spitzen Nadeln durchbohrten sie, sie schnappte nach Luft und verschluckte sich – und während das letzte Quäntchen an Überlebensinstinkt ihr befahl, die Hände aus ihrer Fesselung zu lösen, brach sich durch die Eisdecke über ihr in unzähligen Nuancen die Sonne. Wie in einem Kaleidoskop verschwammen die Farben, immer trüber werdend, immer dunkler, bis auch der letzte helle Punkt vor ihren Augen verschwamm.

Siebtes Kapitel

IN DEN TAGEN NACH DEM SALONBESUCH bei Fanny Lewald war Albrecht Krosick nicht untätig gewesen. Er hatte in der Stadtvilla derer von Falkenhayn vorgesprochen und auch unzählige weitere Botengänge gemacht, um die passende Klientel für seinen Bund der Okkultisten zusammenzutrommeln. Nach anfänglichem Zögern hatte sich der Baron bereit erklärt, sein Heim für die Versammlungen zur Verfügung zu stellen, und fröhlich pfeifend kam der Student an diesem Abend nach Hause.

Zusammen mit Julius Bentheim wohnte er in der Nähe der Friedrich-Wilhelms-Universität. Die Vermieterin war die verwitwete Offiziersgattin Amalia Losch, eine rüstige Zimmerwirtin, welche die beiden Studenten herzhaft-resolut im Auge behielt.

Polternd kam Albrecht zur Tür herein, warf den Mantel mit lässiger Geste über einen an der Wand befestigten Holzknauf und wollte eben die Treppe hinaufsteigen, als an deren oberem Ende die Gestalt der Witfrau Losch erschien.

»Herr Krosick!«, rief sie mit tiefer Grabesstimme. »An Ihrer Stelle würde ich den Schuster wechseln.«

»Das glaube ich gern, aber der arme Kerl kann doch nichts für sein Aussehen.«

»Der Herr sind wieder einmal zu Scherzen aufgelegt, was?«, entgegnete sie, wobei ihr ein Hustenanfall den Atem nahm.

»Sie sehen aber gar nicht gut aus, Frau Losch«, bemerkte der Student besorgt.

»Sie auch nicht, Albrecht. Aber ich mag Sie trotzdem.«

»Touché. Aber im Ernst: Ist Ihnen nicht wohl?«

»Nicht der Rede wert. Etwas Husten, etwas Schmerz. Eine kleine Brustfellentzündung, vielleicht auch eine Rippenfellentzündung. So genau konnte sich der Doktor nicht festlegen.«

»Ich litt einmal furchtbar unter einer Zip-Fell-Entzündung, Frau Losch. Die war auch sehr schmerzhaft.«

»Albrecht, Sie Ferkel! Der Herrgott bewahre Ihnen Ihr kindliches Gemüt, aber nun machen Sie, dass Sie raufkommen. Jemand erwartet Sie. Eine Dame. Sie wissen, dass ich es nicht gern sehe, wenn Sie Besuch vom schönen Geschlecht haben ... Aber ich drücke mal beide Augen zu, da ich das nette Ding ja kenne. Ich habe sie bisweilen zu Herrn Julius geschickt. Vor dem sind die Frauen noch sicher, der ist nicht so ein Triebmensch wie Sie.«

Krosick schmunzelte, als er oben bei ihr angelangt war, und reichte der alten Vermieterin, die nie ein Blatt vor den Mund nahm, die Hand.

»Daran haben Sie gutgetan, Frau Losch, aber kommen Sie, ruhen Sie sich jetzt ein wenig aus. Morgen früh werden wir Ihnen ein nahrhaftes Frühstück ans Bett bringen, und im Handumdrehen sind Sie wieder auf den Beinen.« Er griff nach der Uhrkette, warf einen Blick auf das Zifferblatt seiner Mercier und fügte an: »Es ist jetzt kurz nach 18 Uhr. In vier Stunden brühe ich Ihnen einen Tee auf.«

Mit einem dankbaren Funkeln in den Augen musterte sie ihn, bevor sie sich umwandte und den Flur entlang zu ihren Gemächern schlurfte. Krosick sah ihr milde lächelnd nach, bevor er die entgegengesetzte Richtung einschlug und am anderen Ende des Ganges an Bentheims Tür klopfte. Verhalten waren Stimmen zu hören, die kurz verstummten, bis Julius öffnete.

»Tritt ein«, meinte er, und Albrecht kam der Aufforderung nach.

Die junge Frau, die auf der Bettkante von Julius' Schlafstatt saß, trug ein weißes Zuavenjäckcken, dessen lange Ärmel bis zum Ellenbogen geschlitzt waren. Um ihren Hals hing ein doppelt geknoteter Schal aus Crêpe de Chine. Adele Bredow – denn dies war der Name der Besucherin – war eine elegante Erscheinung, und Julius Bentheim, der in gebührendem Abstand wieder neben ihr Platz nahm, kam nicht umhin, sich dies einzugestehen.

Sie hatte lange nussbraune Haare, die ihr glatt auf die Schultern fielen, und ihr Naturell war von einer geradezu unkeuschen Unbefangenheit, die Frau Losch die Schamesröte ins Gesicht getrieben hätte, wäre sie über die Umstände informiert gewesen, unter denen sich Julius und Adele kennengelernt hatten: Im Sommer vergangenen Jahres verdiente sich der Student dank seines Zeichentalents ein Zubrot als persönlicher Pornograf eines Anwalts der Preußischen Gerichtsbarkeit. Bentheim hatte Adele gemalt, wie sie nackt posierte, um sich einem imaginären Beobachter anzupreisen. Er hatte die intimsten Stellen ihres Körpers gesehen, und die Natürlichkeit ihrer Bewegungen hatte ihn erregt. In dieser Nacht, während er sie malte, redeten sie miteinander – und am Ende der Sitzung war ein Band der Freundschaft zwischen ihnen geschmiedet.

»Guten Abend, Albrecht, mein Herzchen«, kokettierte sie. »Wir haben uns soeben über die Qualität der Wohnlage unterhalten. Recht kleine Zimmerchen habt ihr hier ... Nichts für einen Mann von Welt, oder?«

»Ach, papperlapapp! Schon mein Großvater selig wusste: Ein richtiger Mann braucht lediglich vier Zimmer zum Leben: ein Esszimmer, ein Schlafzimmer und zwei Frauenzimmer!«

Ein Lächeln huschte über das Gesicht der Besucherin. »Ein Luftikus wie eh und je«, meinte sie. »Oh, und beinah hätte ich es vergessen: Ich habe deinem Freund ein Geschenk mitgebracht.«

Sie langte in ihre Handtasche und entnahm ihr ein in Leinen gebundenes Buch, auf dessem Umschlag ein blutroter Schriftzug prangte: ›Jodocus Temme: Der tolle Graf‹ Und darunter: ›Eine Criminal-Erzählung vom Autor des Bluthundes‹. Julius Bentheim, erklärter Liebhaber dieser ebenso modernen wie auch umstrittenen Spannungsliteratur, griff begeistert danach.

»Für mich?«

»Für meinen liebsten Pornografen.«

»Um Himmels willen, so etwas soll man nicht laut sagen.«

Amüsiert zog Fräulein Bredow die Augenbrauen hoch. Sie betrachtete den Studenten, der ihr vor einem halben Jahr so herzensgut naiv und doch so zielstrebig vorgekommen war, und wandte sich dann abrupt an Albrecht.

»Weshalb hast du mich kommen lassen?«

»Ich brauche einen Geist.«

»Einen Geist?«

Unter den interessierten Augen seiner Freunde griff Krosick nach dem Crêpe de Chine von Adeles Schal und befühlte ihn mit den Fingern. Sie lockerte die zwei Knoten, sodass der Stoff von ihrem Hals glitt, und der Fotograf entrollte die zart schimmernde Oberfläche zu einem quadratischen Tuch. Die leicht körnige Webart verhinderte ein Verrutschen, wodurch der Stoff hervorragend drapierfähig wurde. Er hielt den Schal gegen das Licht der Deckenlampe und nickte zufrieden.

»Das sollte gehen«, murmelte er, ließ Bentheim und Adele wortlos zurück und eilte in seine eigene Kammer, um die benötigten Utensilien für seine geplante Arbeit zusammenzusuchen. Nach wenigen Minuten fand er sich wieder in Bentheims Zimmer ein – beladen mit mehreren Kollodium-Nassplatten und einem Fotoapparat, mit dem Daguerreotypien hergestellt werden konnten. Ein weiteres Mal enteilte er, nur um kurz darauf mehrere Bahnen schwarzen Stoffs herbeizuschleppen, die als Dunkelzelt dienen sollten. Außerdem trug er einen Beutel, den er auf Bentheims Schreibtisch stellte. Während er das Gehäuse seines Fotoapparats justierte, gab er wild gestikulierend den Hinweis, den Inhalt des Beutels herauszunehmen.

Adele Bredow, die beherzt hineingriff, zog einen weißen Totenschädel hervor, den sie vor Abscheu beinah fallen ließ.

»Sachte, sachte«, meinte der Fotograf, »mach mir meinen Aschenbecher nicht kaputt.«

»Herrgott, Albrecht! Das erschreckt einen ja zu Tode.«

»Hab dich nicht so. Was dachtest du denn? Dass ich einen echten Schädel mitbringe?«

»Zuzutrauen wäre es dir«, meinte Julius trocken.

»Du schmeichelst mir, Kollege. Zugegeben, ich habe daran gedacht, Rudolf Virchow einen Besuch abzustatten. Dessen Schädelsammlung ist so riesig, der hätte nie und nimmer bemerkt, wenn einer fehlte. Aber diese Imitation tut es auch.«

»Was tut sie, Albrecht? Kläre uns bitte auf.«

Mit der bedeutungsschwangeren Geste eines Opernimpresarios unterstrich der Angesprochene seine Worte: »Nun denn, Julius: Nächstes Wochenende sind wir zur Premierensitzung des Bunds der Okkultisten geladen. Baron von Falkenhayn empfängt in seinem Stadtpalais. Zu gegebener Zeit werde ich die hiesige Presse über die Veranstaltung informieren. Das wird ein Spaß! Und reine Textberichterstattung hinterlässt keinen guten Eindruck, da müssen wir Bildmaterial liefern. Etwas Makabres, etwas Spiritistisches, etwas à la Swedenborg. Was liegt da näher, als einen Geist zu fotografieren?«

»Ich soll mich beim Baron einschleichen? Ohne mich.«

Adele Bredow verschränkte entschlossen die Arme.

»Du wirst gar nicht in der Nähe sein, mein Schätzchen. Aber dein Bildnis brauchen wir.«

»Ich glaube, ich beginne zu verstehen ...«, sagte Julius erregt. »Du präparierst die Fotoplatten.«

»Genau. Ein simpler, aber effektiver Trick. Das Foto ist die genialste Erfindung des Jahrhunderts. Wir Menschen sind in unserer Ratio gefangen, und wir denken, dass das Medium Fotografie mit seiner Linse in der Lage ist, mehr zu sehen, mehr zu speichern, mehr abzubilden, als unser menschliches Hirn zu fassen vermag. Fotografieren wir einen Geist, so muss es einfach einen Geist geben.«

»Und ich soll den Geist verkörpern?«, fragte Adele skeptisch.

»Du verkörperst die verstorbene Verwandte von irgendeinem der Anwesenden. Ich knipse dich durch den Crêpe de Chine. Dadurch wirkst du schwerelos leicht, wie von Nebelschwaden umhüllt. Und natürlich musst du die Augen aufreißen wie eine erschrockene Dame. Melancholisch und düster soll es wirken.«

»Und der Schädel? Schmückendes Beiwerk?

»Keineswegs. Wir machen nicht nur eine doppelte, sondern eine dreifache Belichtung. Den Schädel fixieren wir im Hintergrund, dann positionierst du dich davor. Nachdem wir dich fotografiert haben, gehst du aus dem Bild und wir machen ein weiteres Foto des Totenkopfs. Stell dir nur mal das Resultat vor: Eine junge Schönheit, bei der die Knochen durch die porzellanweiße Haut schimmern. Mitten im Leben und doch mitten im Tod. Jeder Barockdichter hätte sterben wollen für solch ein Modell.«

Adele Bredow stand auf und sah sich im Zimmer um. »Ein Laken«, befahl sie, während sie energisch mit den Fingern schnippte. Julius verstand. Er öffnete den Kasten und entnahm ihm einen hellen Bettüberzug, den er im Hintergrund über die Gardinenstange warf. Danach rückte er kurzerhand den Schreibtisch zum Fenster, stapelte einige Romane aufeinander und drapierte einen zweiten Bettüberzug darüber.

»Hier«, meinte Adele, als sie ihm den Schädel reichte.

Er deponierte ihn auf dem so entstandenen Podest und stellte einen Stuhl davor, damit ihre Besucherin Platz nehmen konnte. Albrecht Krosick war inzwischen nicht untätig gewesen und hatte die drei Beine des Stativs ausgezogen und auf die richtige Höhe eingestellt. Als Nächstes entrollte er die dunklen Stoffbahnen und befestigte sie mit Ösen an den dafür vorgesehen Haken am Apparat. Schließlich, als er diese provisorische Dunkelkammer errichtet hatte, blinzelte er prüfend durch den Sucher.

»Ein wenig nach rechts«, befahl er.

Die langen Haare schwebten durchs Bild, als Adele sich bewegte.

»Gut so.«

Sie verharrte in ihrer Stellung, und Julius griff nach dem Crêpe de Chine, um ihn über die Linse zu hängen.

»Reiß die Augen auf, ganz weit«, meinte Albrecht in fiebriger Erregung. »Ja, perfekt. – Julius, reich mir eine der Platten. Aber Vorsicht: Lass die Verpackung dran.«

Bentheim schob gleich mehrere Kollodium-Platten unter den schwarzen Stoff. Krosick hantierte an irgendetwas herum, bis man ein schnappendes Geräusch vernahm, und drückte auf den Auslöser. Der Geruch von Silberjodid fuhr ihnen in die Nase und Adele verzog das Gesicht.

»Jetzt der Schädel«, meinte Albrecht.

Die junge Frau ging aus dem Bild. Aus einem spielerischen Antrieb heraus, Bentheim zu foppen, stellte sie sich dicht neben ihn, den Blick gespannt nach vorn gerichtet, und lehnte sich in der beengten Räumlichkeit an Julius. Dieser hielt den Atem an, während er an Adeles Körper in jener Sommernacht vor ein paar Monaten dachte und Krosick mindestens eine Minute wartete, bis die Platte belichtet war. Schließlich durchbrach ein zweites Klicken die Stille, und für Sekundenbruchteile leuchtete Blitzlicht auf.

»Heureka! Wollen mal sehen, was daraus geworden ist.«

Freudestrahlend kroch Albrecht unter dem Zelt hervor und hielt die Platte in der Hand. Voller Anspannung legte er sie auf Bentheims Bett, damit sie trocknen konnte, und wie von Zauberhand erschienen allmählich die Konturen der jungen Frau. Entrückt lächelnd, aber mit schockiert starrenden Augen präsentierte sich ihr Konterfei, durchbrochen von der makabren Ahnung eines Schädels mit klaffenden Löchern, wo sonst die Augen, wo die Nasenlöcher wären. Es war das Abbild eines schemenhaften Geistes, einer Schreckgestalt, die alle ihre Erwartungen übertraf.

Achtes Kapitel

WENIG SPÄTER, als sie nach diesem ersten Probefoto ein halbes Dutzend weitere geschossen hatten, saß Adele neben Julius am Küchentisch der Witwe Losch, während Albrecht vor dem Küchenbord stand und Amalias Teeutensilien inspizierte. Ihr verstorbener Gatte war Offizier gewesen. Die Studenten hatten sie nie gefragt, wo er gedient hatte, aber sie hegten die Vermutung, dass er entweder für die preußische Marine zur See gefahren oder in Ostfriesland stationiert gewesen war, was denn auch das viele Geschirr aus der Wallendorfer Porzellan-Manufaktur erklärt hätte. Besonders bei den Friesen fanden die Produkte dieser Firma reißenden Absatz, und einst hatte er ein Service seiner Amalia geschenkt, das sich noch immer in ihrem Besitz befand.

Albrecht stellte eine Teedose, eine Kanne und Tassen auf die Anrichte: Es war das weit verbreitete sogenannte Dresmer Teegood, das Dresdner Geschirr mit der bekannten roten Rose als dekoratives Element. Einer Büchse entnahm der Fotograf Teeblätter und warf sie in die Pfanne, die er zuvor auf den eingefeuerten Herd gesetzt hatte. Das Wasser kochte bereits.

»Du hast Kollodium-Platten verwendet«, bemerkte Adele, während Albrecht bei der Kanne die Vorrichtung anschraubte, welche die aufgebrühten Teeblätter beim Ausgießen zurückhalten sollte.

»Ja. Weshalb fragst du?«

»Das sind doch Unikate, oder?«

Albrecht brummte zustimmend.

»Willst du die denn den Zeitungen überlassen?«

»Die Presse verwendet teilweise Albuminpapier für ihre Archive. Das sind jene Fotos, die einen warmen, angenehmen Farbton besitzen. Außerdem sind sie billig. Die Zeitungsfotografen machen einfach eine Kopie von den Platten und vervielfältigen diese. Sie erhalten ja ein Negativ, das dann die Runde macht. Unser Original zerstöre ich. Falls jemand auf die Idee kommt, es auf eine Doppelbelichtung hin zu untersuchen, ist es nicht mehr auffindbar. Und da man Fotos nicht drucken kann, wird ohnehin eine professionelle Holzstich-Illustration angefertigt werden.«

»Soll ich für ein paar Tage untertauchen? Ich werde gewiss auf die Berichte angesprochen werden.«

»Keine Sorge, die Fotos in den Zeitungen sind viel zu klein und dein Gesicht wird durch den Schleier verfremdet. Es wird niemand auf die Idee kommen, dass du es bist, die man da sieht.«

Adele Bredow lächelte zufrieden, nahm die Tasse Tee entgegen, die ihr Albrecht reichte, und musterte Julius mit unergründlichen Augen. »Wo studierst du, Julius?«, fragte sie unerwartet. »Auf welchem Campus? Im nördlichen oder auf dem Campus Mitte?«

»Mitte. Jurisprudenz wird in der Mitte gelehrt.«

»Das trifft sich gut. Ich wohne in der Nähe der Hedwigskirche am Opernplatz, gleich schräg gegenüber. Du kannst mich begleiten.«

»Nach Hause?«

»Natürlich nach Hause. Du willst doch eine Dame um diese Uhrzeit nicht allein losziehen lassen. Was sollen denn die Leute von mir denken?« In gespielter Manieriertheit spreizte sie den kleinen Finger ab und nahm einen Schluck.

Albrecht grinste schelmisch, als er den für Witwe Losch bestimmten Tee einschenkte. »Einen Tee für die Frau Wirtin.«

Der Fotograf war weit davon entfernt, ein stiller, unaufdringlicher Freund zu sein, und Julius suchte fieberhaft nach einem Ausweg, wie er den Fängen dieser vor Erotik sprühenden Frau entkommen konnte. Vor wenigen Monaten noch hatte sich ihm einmal Adeles Bild in die Gedanken eingeschlichen, als er Filine geküsst hatte, und nun, als Adele neben ihm saß, suchte er vergeblich nach dem Bild Filines. Das war es, was ihn in ihrer Gegenwart beunruhigte.

»Ein Tee für die Frau Wirtin ... Klingt nach einem Frau-Wirtinnen-Spruch«, versuchte er die beiden abzulenken.

»Hervorragender Einfall. Moment, Moment ...«, meinte Albrecht, und aus dem Stegreif heraus begann er:

»Frau Wirtin liegt mit Fieber
im Bette krank darnieder.

Sie hustet zehnmal täglich,
vertreibt so ihre Freier,
und schnäuzt sich dazu kläglich.«

Adele lachte fröhlich und wischte sich eine Freuden-
träne aus den Augen. Eine Woge der Erleichterung
durchrieselte Julius für ein paar Sekunden, doch als
Albrecht das Service auf ein Tablett schob und sich
verabschiedete, wandte sich die junge Frau erneut an
den Studenten.

»Wollen wir?«

Resigniert erhob er sich, um im Gang ihre Mäntel
zu holen.

Sie riefen einen Abschiedsgruß hinauf und traten
nach draußen in den Vorgarten. Der Mond beschien
das Pflaster und ließ die am Gehsteigrand aufgeschich-
teten Schneehaufen mystisch funkeln. Ohne sich abzusprechen, schlugen sie automatisch den Weg zum oberen Ende der Straße ein, wo sich ein Kutschenstand
befand. Die Frau war sich bewusst, wie unangenehm
es Bentheim, diesem Ausbund an Tugend, sein musste,
allein mit ihr gesehen zu werden. Nicht auszuden-
ken, was passierte, falls jemand, der schon einmal ihre
Dienste gebucht hatte, sie erkannte … Aber sie verwarf die Befürchtungen: Niemand würde sich öffent-
lich anmerken lassen, ihre erotischen Dienste gebucht
zu haben, etwa für gemalte oder fotografische Porträts.
Manchmal lag sie auch nackt, wie Gott sie schuf, auf
einer Essensanrichte, bedeckt mit Sahne und Früchten.

»Ich denke oft an unsere Malstunde zurück«, eröffnete sie das Gespräch.

Bentheim brummte etwas Unverständliches.

»Verachtest du mich jetzt?«, fragte Adele leise.

»Nein«, antwortete er wahrheitsgemäß.

»Es tut mir leid, dass es mit Filine nicht geklappt hat. Albrecht hat es mir gesagt.«

»Nicht geklappt?«

»Ich wollte dir mein Mitgefühl ausdrücken, Julius, aber ich weiß nicht, wie ich anfangen soll, ohne dich zu verletzen. Alles klingt so banal.«

»Mach dir keine Mühe«, entgegnete er dumpf.

Sie riefen eine Berline herbei und gaben dem Fahrer Befehl, zum Opernplatz zu fahren. Den ganzen Weg über schwiegen sie, und erst als sie beim Palais des Prinzen Heinrich hielten, meinte Adele beim Aussteigen: »Würdest du mich malen, Julius? Noch einmal, so wie damals?«

Er antwortete nicht, sondern bezahlte stattdessen den Kutscher.

»Ich entlohne dich auch.«

»Das ist nicht nötig.«

»Bitte, Julius, bloß ein Porträt. Es soll ein Geschenk werden für jemanden, den ich sehr mag. Kein Akt, nichts dergleichen. Nur mein Gesicht.«

»Ein einfaches Porträt?«

Sie nickte. »Eine Miniatur. Für einen Uhrendeckel.«

Bentheim blickte nachdenklich über das Forum Fridericianum. Hinter ihnen erhob sich die spätbarocke

Fassade des Universitätsgebäudes. Einige Bummelanten, in Richtung Unter den Linden unterwegs, spazierten noch über den Platz. Im selben Moment, als er seine Zustimmung aussprach, bereute er auch schon, sie gegeben zu haben. Aber es war zu spät.

»Gut, wo wohnst du?«

Sie deutete auf die Prachtstraße und meinte: »Gleich da unten, in der dritten Seitengasse.«

Sie gingen los, und doch mussten sie zwei- oder dreimal um die Ecke biegen, bis Adele vor einer Mietskaserne mit Vorderhaus, Seitenflügel und Hinterhaus hielt. Die junge Frau lebte im ersten Stock. Als Julius die mit Gaslicht ausgeleuchtete Wohnung betrat, überraschte ihn, wie geschmackvoll sie eingerichtet war. Das Äußere der Kaserne ließ in ihrem Inneren ein verwahrlostes Wohnungselend vermuten, wie es in den dicht bebauten Quartieren mit Blockrandbebauung zu finden war. Hier jedoch zeugte Adeles Geschmack von Eleganz und bewies, dass man die eigenen vier Wände stets behaglich einrichten kann. Die Außenmauern waren mit unzähligen Bücherregalen verstellt, die wohl auch dem heimlichen Zweck dienten, die Wohnung besser zu isolieren.

Julius' prüfendem Kennerblick entging keineswegs, welche Genres vorherrschten: Die zweibändige Leipziger Ausgabe von Mary Elizabeth Braddons ›Lady Audleys Geheimnis‹ stand gleich neben Gabriel Ferrys ›Waldläufer‹; ›Der Ewige Jude‹ von Eugène Sue neben den ›Flusspiraten des Mississippi‹ von Friedrich Gerstäcker. Adele Bredow lächelte unergründlich, als sie die Aufmerksamkeit bemerkte, mit welcher ihr Gast die Romane betrachtete. Sie legte die Handtasche auf eine dunkelbraune, mit Intarsien versehene Kommode, während sie ihren Mantel über eine Stuhllehne gleiten ließ. Als sie dem Studenten einen Platz angeboten hatte, kramte sie in einer Schrankschublade nach Papier und Tintenfässchen.

»Hast du altes Zeitungspapier?«, fragte Julius.

»Als Unterlage?«

»Ja.«

»Hier«, meinte sie und reichte ihm eine alte Ausgabe der Vossischen Zeitung, die inmitten eines Stapels mit Magazinen gelegen hatte. Bentheim erkannte unter anderem die ›Gartenlaube‹ sowie die beliebte ›Illustrirte Zeitung‹ des Verlags J. J. Weber in Leipzig.

»Danke. Am besten, du setzt dich unter den Stehbrenner«, bedeutete er ihr. »Ich male dich als sogenanntes Bruststück im Viertelprofil, also mit einem Großteil des Oberkörpers und mit Schultern und Armabschnitten.«

Sie rückte einen Stuhl zurecht, sodass ihr Gesicht vom Licht der Gasflamme beschienen wurde. Bentheim breitete die Zeitung aus, stellte das Tintenfass darauf, entkorkte es und tunkte einen angespitzten Gänsefedernkiel hinein. Mit wenigen feinen Strichen skizzierte er auf einem kleinen ovalen Blatt den Umriss des Kopfes, die schlanke Linie des Halses, doch den Ausschnitt ihrer Bluse, der – wie ihm schien – plötzlich tiefere Einblicke gewährte, verkleinerte er umsichtig, um sie züchtiger, ja bürgerlicher erscheinen zu lassen. Nach wenigen Minuten hatte er auch die Feinarbeit beendet.

»Schreibsand?«

Adele stand auf und reichte ihm eine emaillierte Streusandbüchse, deren Inhalt aus einer Mischung aus angefärbtem Flusssand und pulverisiertem blauem Glas bestand. Julius leerte eine großzügig bemessene Menge über die Zeichnung und erhob sich.

»Eintrocknen lassen«, bemerkte er einsilbig und wandte sich zum Gehen.

Adele Bredow öffnete ihm die Tür. Das schummrige Licht der Wohnung drang in den düsteren Gang hinaus. Wortlos schritt der Student davon, während sich die junge Frau, die ihm nachsah, an den Rahmen lehnte.

»Auf Wiedersehen, Julius«, sagte sie, als er außer Hörweite war. »Und vielen Dank.«

Neuntes Kapitel

DEN NÄCHSTEN TAG verbrachte Julius Bentheim in seinem Zimmer. Nur einmal ging er kurz in die Küche, um einen Kanten Brot abzuschneiden. Im Flur hörte er Amalia Losch husten und für einen Moment überlegte er, bei ihr zu klopfen. Er verwarf den Gedanken und betrat erneut seine Kammer. Auf dem Boden verstreut lagen Fachbücher über Jurisprudenz, vollgesudelte Schulhefte und Notizen, die er sich während der letzten Vorlesungen gemacht hatte. Die Semesterferien würden noch ein paar Wochen dauern, und wenn ihn Albrecht einmal gerade nicht auf eine seiner berüchtigten Trinktouren mitnahm, wollte er die Zeit nutzen, um ein paar juristische Fachbegriffe und Fallbeispiele zu wiederholen.

Stundenlang büffelte er über einer Anthologie, welche die schlimmsten Kriminalfälle beinhaltete. Julius war abgeklärt genug, sich keine Illusionen über die Natur des Menschen zu machen. Im letzten Jahr hatte er als Gerichtszeichner aus nächster Nähe miterlebt, wie verkommen manch ein Individuum war und wie vertiert auch die gebildetste Person werden konnte. Die Grenze zwischen Kultur und Barbarei war tatsächlich bloß ein dünner Firnis, jederzeit im Begriff, sich aufzulösen und unvorstellbare Schrecken und Gräueltaten in die sogenannte Zivilisation einbrechen zu lassen.

Bentheim las eine Abhandlung über Peter Nirsch, einem dem Aberglauben und der schwarzen Magie anhängenden Mörder aus dem 16. Jahrhundert, der bevorzugt schwangeren Frauen den Bauch aufschlitzte, ihnen die Kinder herausnahm und diese ebenfalls tötete, um ihre Herzen zu essen. 520 Morde gestand er, als man ihn fasste, und die Strafe, die er erleiden musste, war so ausgefallen, dass es Bentheim schauderte. Nirsch wurde über einen quälend langen Zeitraum von 48 Stunden hinweg zu Tode gefoltert: Die Scharfrichter schnitten ihm mehrere Riemen Fleisch aus dem Körper, bevor man den Delinquenten zwang, auf einem vom Feuer erhitzten Ross aus Messing zu reiten, bis seine Haut am ganzen Leib Verbrennungen aufwies. Anschließend goss man heißes Öl in seine Wunden und geschmolzenes Blei auf die Fußsohlen. Danach ließ man sich dazu herab, ihn zu rädern. Mit 42 Stößen wurden ihm nach und nach sämtliche Knochen gebrochen, wobei darauf geachtet wurde, Nirsch am Leben zu halten. Den geschundenen Körper vierteilte man letzten Endes und nagelte die Überreste an vier Pfähle, wo sie von Vögeln zerhackt und gefressen wurden.

Julius, der im Schneidersitz auf seiner Bettstatt saß, schloss das Buch und starrte gedankenverloren an die Wand. Er dachte an Albrechts Idee eines Bunds der Okkultisten und wie sein Freund es äußerst spaßig fand, Scherze mit den Abergläubischen zu treiben; und Julius dachte auch an Nirsch und fand es erschreckend, dass ein einziger religiös verirrter Mensch imstande sein konnte, Hundertschaften seiner Artgenossen zu töten. Mehrere Minuten verharrte er reglos, bis er sich einen Ruck gab, aufstand und sich zum Ausgehen bereit machte.

Die Zeiger seiner Uhr zeigten auf kurz vor acht Uhr abends.

Obwohl ihn eine innere Stimme vor diesem Schritt warnte, der nur Leid und üble Gedanken hervorrufen würde, verließ er die Unterkunft und schlug den Weg Richtung St. Matthäikirche ein. Er war in mürrischer Stimmung, als er an der Schwelle jenes zweistöckigen Hauses vorüberkam, hinter dessen Mauern seine Verlobte gewohnt hatte. Pastor Sternbergs Heim war ihm für wenige Monate ein Hort der Ruhe gewesen. Der Garten auf der Rückseite mit seinem von Böschungen umgebenen Zierteich hatte sich ihm ins Gedächtnis gebrannt, und auch die Linde mit den weit ausgreifenden Ästen, die Rhododendronsträucher und die biedermeierlich anmutende Gartenlaube ebenso. Im Vorbeigehen warf er einen Blick hinauf in den zweiten Stock, doch im Studierzimmer des Pastors brannte natürlich kein Licht.

Wenig später hatten ihn seine Schritte an die Pforte der Matthäikirche geführt. Dumpfe Orgelmusik ertönte aus dem Gotteshaus, und als Bentheim die Tür öffnete und eintrat, verstummte sie. Er war gerade noch rechtzeitig gekommen: Der Gottesdienst begann.

Tatsächlich stand nicht der begnadete Prediger und Generalsuperintendent der evangelischen Kirche, der allseits beliebte Carl Büchsel, auf der Kanzel, sondern der hagere Pastor. Einmal mehr ähnelte sein bleiches Gesicht einem Totenschädel, wie es Julius auffiel, als er in einer der hinteren Reihen neben einem älteren Männlein Platz nahm. Sein Blick schweifte über die

Backsteinmauer, hoch zur Empore, dann nach vorn zur Apsis des Mittelschiffs.

Was mache ich eigentlich hier?, dachte er. Wie in einem Fiebertraum war er durch die Straßen gewandelt, die Bilder von Filine und Adele vor Augen, mit aller Kraft sich dagegen sträubend, die Wut und die Trauer der vergangenen Wochen in sich hochkommen zu lassen. Und nun saß er auf einer unbequemen Holzbank, vor sich den Widersacher, den er zur Hölle wünschte. Die Leute um ihn herum knieten nieder, und er kniete sich ebenfalls hin; sie standen auf, und auch er stand auf und folgte dem Verlauf des Gottesdienstes.

In seiner spröden Art drapierte der Pastor seine Unterlagen auf dem Lesepult. Er hüstelte, warf einen Blick in die Menge und verharrte plötzlich. Wie gebannt sah er in die Ferne; so musste es den Außenstehenden vorkommen. Bentheim aber, der in jener Richtung stand, in welche Sternbergs Augen sahen, wusste, dass sie sich an ihn geheftet hatten, dass sie sich unerbittlich in seine Seele brennen wollten. In einer langsamen, bemessenen Bewegung ordnete Sternberg die Blätter, faltete sie zusammen und steckte sie in die Rocktasche seines Priesterumhangs. Er schwieg, und im gleichen Maß, wie die Menge um ihn herum unruhig wurde, verspürte Julius ein sich immer weiter ausbreitendes Ungemach in seinem Innern.

Endlich, nach langen Sekunden des Zuwartens, öffnete der Pastor den Mund.

»Liebe Kirchgemeinde«, begann er, und mit jedem Wort, das folgte, wurde seine Rede flammender. »Es ist gemeinhin bekannt, dass hier, in der schönen dreischiffigen Matthäikirche, allabendlich die erbaulichsten Predigten gehalten werden. So will ich denn auch diesmal versuchen, dem hehren Auftrag unserer Mutter Kirche gerecht zu werden.«

Trotzig hatte Julius den Kopf gehoben. Er wollte Sternberg in die kalten Augen sehen, wenn dieser mit seiner improvisierten Litanei begann: »Ringsum, meine lieben Schafe, sind wir von Anfechtungen umgeben, die sowohl unsere Standhaftigkeit auf die Probe stellen als auch unsere Moral zu untergraben versuchen. Wir, die wir mitten im Leben stehen, bewundern die Schönheit eines wohlgeformten Körpers, den edlen Schwung einer Nase, die noble Blässe einer Wange. Doch Satanas steckt in allen Dingen, umhüllt von Grazie und Anmut. Wer sich zu einer schönen Frau hingezogen fühlt, der beachte stets, dass ihr Liebreiz auf ihre Haut beschränkt ist. Denn wenn die Männer erkennen würden, was unter der Haut zum Vorschein kommt, würde sie ein nicht enden wollender Ekel packen. Die weibliche Anmut, meine Kinder, ist eine Ansammlung von Schleim und galligen Körpersäften, von Blut und Kot, von Urin und Nasensekreten, wie ein verehrter Ordensbruder aus Cluny einst so treffend bemerkte. Allen Christenmenschen widerstrebt es aufs Äußerste, Erbrochenes oder Exkremente auch nur anzuschauen; unweigerlich plagt einen der Brechreiz. Fürwahr, so

sollte es jedem Jüngling ergehen, der im Junggesellen-
stand lebt, gleichzeitig jedoch einen Sack voll Schleim
und Knochen begehrt, ja, sich gar danach sehnt, ihn
zu umarmen, ihn zu küssen und sein erigiertes Glied
in viehischer Wollust in diese wabernde Masse hin-
einzupressen.«

Auf wen die Predigt gemünzt war, stand für Julius
außer Frage, doch sah er mit Genugtuung, dass unter
den Messebesuchern leises Gemurmel anhob. Einige
Damen sahen sich entsetzt an, die anwesenden Herren blickten irritiert nach vorn.

In die Stille der Andacht hinein hob der Pastor ein
letztes Mal die Stimme: »Verdammt seien die Freier,
jene herumhurenden Kerle, die den gefallenen Mädchen verwehren, an ihrem Hochzeitstage die weiße
Schürze und das weiße Halstuch der Unschuld zu tragen! Verdammt seien sie, verdammt seien sie alle! Möge
der Unzucht ein Riegel vorgeschoben werden, möge
die Hurerei ein Ende haben. Amen.«

»Amen«, kam es zaghaft aus einigen Bänken.

Julius erhob sich.

Er trat in den Mittelgang, drehte sich um, ohne sich
zu bekreuzigen, und hielt zielgerichtet auf die Aus-
gangspforte zu. Die frische Winterluft, die ihn draußen
umfing, vertrieb den letzten Rest der Beklemmung
und lockerte endlich den Würgegriff um sein Herz.

Zehntes Kapitel

DAS STADTPALAIS DERER VON FALKENHAYN lag etwas zurückgesetzt von der Verbindungsstraße zwischen Schloss Charlottenburg und Berlin. Auf diesem Fahrweg, der sogenannten Charlottenburger Chaussee, gab es einen Knick, der den Straßenverlauf nach Nordwesten führte. Irgendwo hier, zwischen repräsentativen Wohnhäusern und prachtvollen Parkanlagen, kam eine Kalesche zum Stehen, welcher zwei Männer entstiegen.

Albrecht Krosick sah sich um, sah das schmiedeeiserne Tor, das bereits geöffnet war, und die unzähligen Fackeln, die man der Zufahrt entlang in den Boden gesteckt hatte. Er wies zufrieden auf die neobarocke Fassade, deren Fenster in hellem Schein leuchteten, und meinte: »Ein Abend wie gemacht für Spuk und Hexerei, Julius.«

Sein Freund nickte stumm und entnahm dem mit einer Plane überdeckten Korbgeflecht bei der Hinterachse einen Koffer sowie die Stangen für den Fotoapparat.

»Leg lieber mit Hand an, statt hier Reden zu schwingen. Der trägt sich nicht von allein.«

»Spielverderber«, meinte Albrecht, beugte sich jedoch vor, um das Gepäck hochzuheben.

Bentheim gab dem Kutscher ein Zeichen, und die beiden Freunde betraten das Anwesen des Barons. Die Nacht war sternenklar, der Schnee knirschte unter den Sohlen und der Atem der Männer stieg in nebligem Dunst zum Himmel. Irgendwo in der Nähe – wahrscheinlich bei der Rückseite des Gebäudes – rauschte ein Bach, und die hell erleuchtete Freitreppe zum Eingangsportal wirkte keineswegs abweisend. Waren die zwei Studenten in der Silvesternacht die zuletzt eintreffenden Gäste gewesen, so hatte es nun den Anschein, dass sie zu den Ersten gehörten. Weder Pferde noch Kutschen standen an den für sie vorgesehenen Plätzen, von den Bediensteten war noch nichts zu sehen. Lediglich ein Fremder in dunklem Kapuzenmantel hatte sich auf die Wiese vor dem Gebäude verirrt und starrte angestrengt zu der Fensterbalustrade hinauf.

»Heda!«, rief er und wedelte mit den Armen, sowie er in Julius und Albrecht die ersten Gäste erkannte. Obgleich seine Linke in einem Handschuh steckte, war die Rechte ungeschützt. Als sich die Männer einander auf mehrere Meter genähert hatten, bemerkte Julius den Federkiel zwischen den tintenbefleckten Fingern des Unbekannten. Unter seiner Achsel lugte ein Klemmbrett hervor. Er war um die 20, vielleicht auch ein wenig jünger, und seine Nase machte den Anschein, mindestens zweimal gebrochen, aber auch ebenso oft schlecht verheilt zu sein.

»Journalist?«, fragte Albrecht.

»Balthasar Korff. Von der Vossischen.«

»Angesehene Postille«, nickte der Fotograf anerkennend.

»Das schon. Aber ich bin nur Praktikant. Das sind ja auch die Einzigen, die man bei diesem kalten Sauwetter losschickt.«

»Was ist denn deine Aufgabe?«

»Hier soll es eine skurrile Versammlung geben«, erklärte der Mann freimütig. »Ein paar Geisterseher oder etwas in dieser Art. Ich bin beauftragt, darüber zu berichten.«

Julius und sein bester Freund wechselten einen kurzen Blick, worauf Albrecht sich bei dem naiven, unbedachten Jüngling unterhakte. Jovial meinte er: »Heute ist dein Glückstag, Balthasar. Unser Fotograf ist erkrankt; ich denke, es wird dir nichts ausmachen, seine Stelle einzunehmen?«

Für einmal war es kein Diener, der die drei Männer empfing, sondern die junge Baronesse höchstpersönlich. Die braunen Locken hatte sie an diesem Abend zu einem strengen Dutt gezwirbelt, was die klaren Konturen ihres Gesichts betonte, und ihr Jungmädchenlachen erfüllte das Entree.

»Julius, nicht wahr? Und Albert? Nein, halt! Warten Sie. Nicht Albert. Moment, es liegt mir auf der Zunge … Albrecht? Ja, so war es: Sie müssen Albrecht sein. Ihnen verdanken wir diese Veranstaltung. Ach, wie habe ich mich gefreut, von meinem lieben Herrn Papa zu hören, dass wir wieder Gäste empfangen. Und Sie, wer sind Sie, mein Herr?«

Befangen senkte der Schreiberling den Kopf.

»Das ist Herr Korff«, sprang Albrecht für ihn in die Bresche. »Der Herr Fotograf. Ein Künstler seines Fachs.«

»Zu viel der Ehre«, wehrte der Journalist ab. »Ich werde versuchen zu knipsen, was mir vor die Linse kommt. Da bin ich ganz auf die Mitarbeit der Damen und Herrschaften angewiesen.«

»Ein Fotograf – prächtig!«

Babette von Falkenhayn klatschte erfreut in die Hände, während Korff sich mit ungeschickten Händen daranmachte, den von Julius überreichten Fotoapparat aufzustellen. Sie standen in einer gänzlich mit Marmor eingekleideten Vorhalle. An den Wänden hingen gerahmte Skizzen, gezeichnet mit Pastellkreide, als Gouache oder mit dem breiten Zimmermannsbleistift. Allesamt Werke von Adolph Menzel, dem bekannten Chronisten des Berliner Lebens, dem man aufgrund seiner Kleinwüchsigkeit spaßeshalber den Ehrentitel ›Die kleine Exzellenz‹ gegeben hatte.

»Eine Dokumentation der heutigen Ereignisse kann nicht schaden«, bemerkte Albrecht, wobei nur Julius den sarkastisch mitschwingenden Unterton heraushörte. »Wer weiß, was der Mesmerismus zu leisten imstande ist? Womöglich öffnet sich heute um Mitternacht das Tor zu einer Welt, aus der wir Besuch erhalten werden. Viele Fragen gibt es, die ich den Geistwesen, welche die Schwelle zum Diesseits übertreten, stellen möchte. So etwas muss man für die Nachwelt bewahren.«

»Das klang jetzt arg pathetisch, werter Albrecht. – Aber, so hören Sie doch, ich glaube, ich vernehme Schritte. Gewiss mein Papa.«

Tatsächlich war es der blondhaarige Baron, der eine Flügeltür öffnete, die in einen geräumigen Saal führte. Er gab eine ebenso elegante Erscheinung ab wie in Schloss Buckow. Doch während er in der Märkischen Schweiz noch Frack und Röhrenhose getragen hatte, so kleidete er sich diesmal mit formvollendetem schwarzem Sakko und Hosen mit Streifenmuster. Ein Schal, den er um den Hals gewunden trug, verdeckte seine Narbe.

»Ah, die Herren Bentheim und Krosick! Eine Ehre, es ist mir eine Ehre. Kommen Sie, kommen Sie, treten Sie ein. Sie sind die Ersten. Ich habe noch etwas Zeit, Sie herumzuführen.«

Vergessen war, dass er ihnen am Neujahrstag eigentlich das Du angeboten hatte, und seinem Stand entsprechend, würdigte er Korff keines Wortes.

Der Raum, den sie betraten, nachdem sie ihr Gepäck abgestellt hatten, ähnelte in seiner Aufmachung der Halle mit der Glasfront, die in Buckow zum Garten hin gezeigt hatte. Auch hier im Stadtpalais gab es eine gedeckte Tafel, ebenso eine Doppeltür und auch etwas, das gewisse Ähnlichkeit mit einer Standuhr hatte, außer dass die Proportionen dieses viereckigen Holzkastens sich ungemein größer ausnahmen. Er war an einer Wand platziert, mindestens vier Meter lang, und wies zwei mit überdurchschnittlich dickem

Glas verkleidete Türen auf, die den Blick auf ein mit gewaltigen Zahnrädern und Zahnstangen angefülltes Gehäuse freigaben. Ein dumpfes, mechanisches Klicken ging von dem Kasten aus. Fasziniert betrachtete Bentheim die hölzernen Zähne eines Kronenrades, welche in ein zylindrisches Spindelrad griffen. Der Kasten reichte dem Studenten auf Brusthöhe, und oben war das Gehäuse einer Uhr mit Zifferblatt angebracht. Julius schätzte die Länge der Zeiger auf etwas mehr als eine Elle. Auf einer Platte oberhalb der Zahnräder war ein Torsionspendel angebracht.

»Faszinierend, nicht wahr? Ich liebe diese Technik.«

Valentin von Falkenhayn stellte sich neben den jungen Tatortzeichner und fuhr mit der Hand beinah zärtlich über die polierte Holzverkleidung.

»Dieses Gehäuse, was war das zuvor? Erinnert mich an eine überdimensionale automatisierte Rechenmaschine. Eine Pascaline vielleicht?«

Der Baron schmunzelte, als er sich den Backenbart kraulte. »Ein Vergleich, den man nicht alle Tage hört. Nein, weit gefehlt. Ist Ihnen der Bach aufgefallen, der hinter dem Haus verläuft? Eines der vielen unbedeutenden Seitengewässer der Spree.«

Julius nickte. »Mir war, als hätte ich da dumpf etwas plätschern gehört.«

»Früher stand eine Mühle an diesem Ort. Vor Jahrzehnten schon wurde sie aufgegeben und verlotterte mit der Zeit. Als man vor ein paar Jahren die Gegend aufwertete und immer mehr vornehme Bürger hier ansässig wurden, hat mein Vorbesitzer das ursprüngliche Mühlengebäude in seine Renovationspläne mit einbezogen«, erklärte Valentin von Falkenhayn. »Bei Mühlrädern, die im Freien liegen, ist das Mühlengebäude aufgeständert wie bei den Pfahlbauten aus der Bronze- und Eisenzeit. Hier aber war das Mahlwerk vor dem Spritzwasser geschützt. Unter uns liegt das Kellergewölbe. Sie sind ja über eine Freitreppe ins Haus gekommen, meine Herren; das heißt, wir befinden uns hier leicht erhöht. Die einzige Verbindung zwischen den zwei Räumen bestand aus der kompakten und robusten Mechanik, und zwar durch die Steinspindel, die für den Mahlgang unablässig war. Die Vorratsbehälter, die Mehlrutsche – das alles wurde entfernt, damit die verbliebenen Zahnräder für den Bau eines Uhrwerks genutzt werden konnten.«

»Und so etwas funktioniert?« Krosick zog ungläubig seine Mercier, um die Uhrzeit zu vergleichen.

»In der Tat. Wie Sie sehen, klappt es ganz gut.«

»Wie wird sie aufgezogen?«

»Mithilfe der alten Mühlsteine«, antwortete der Baron. Sein ausgestreckter Zeigefinger deutete zu Boden und Falkenhayn öffnete die gläsernen Türen des Kastens. »Sehen Sie, hier drin, hinter den Zahnrädern existiert eine Öffnung im Boden. An diesen Ketten, die durch sie hindurchgehen, hängen im Keller die Gewichte.«

Ein Rattern hob an, als die robusten Räder sich bewegten, sich teilweise ineinanderfügten und die zuvor verzahnten Holzdollen wieder in die Freiheit entließen. Als der kleine Zeiger die volle Stunde angab, ertönte ein Gong.

»Passen Sie auf Ihre Finger auf«, warnte der Herr des Hauses. »Die Mühlsteine sind noch mit dem abgeschafften Berliner Markgewicht angeschrieben: So ein Klotz wiegt etwas mehr als zwei Zentner, und die Zugkraft vervielfacht sich durch das Getriebe. Gelangt Ihre Hand ins laufende Zahnrad, sehen Sie sie nie wieder.«

Unbewusst zog Julius die Arme zurück, um sie hinter dem Rücken zu verschränken. Babette, die seine Reaktion verfolgt hatte, lächelte versonnen.

Elftes Kapitel

DER BARON KLOPFTE DEN ZWEI STUDENTEN mit einnehmender Freundlichkeit auf die Schultern und bat sie, sich zu setzen. Balthasar Korff hielt sich im Hintergrund, wo plötzlich zwei Diener auftauchten und in reger Geschäftigkeit eine Bar aufbauten. »Sie sind früh dran. Verraten Sie mir, wen Sie eingeladen haben. Ihre Idee eines Bunds der Okkultisten fand ich ulkig, Herr Krosick. Aber so offenbaren Sie mir doch endlich die Namen, die auf meiner Gästeliste stehen.«

»Sie kennen Sie bereits, Herr von Falkenhayn. Es sind dieselben Leute wie in Buckow.«

»Dann wären wir zu zwölft, falls es nicht zu viel verlangt ist, dass meine Tochter an dem Spaß teilhaben darf. Diesmal offiziell. Sie möchte unbedingt mit von der Partie sein. Sie ist ein richtiger Wildfang, nicht wahr, Babette?« Er strich ihr zärtlich über die Wange, und sie griff nach seiner Hand und küsste sie.

»Gewiss, Papa.«

»Ich habe Baronesse Babette bereits fest eingeplant. Und was den Dreizehnten anbelangt, so haben mir die Herren Soldaten versichert, einen ihrer Kompagnons mitzubringen.«

»Vortrefflich. Dann sind also anwesend ...«

»Wir vier natürlich, dann die Dichter Fontane, Möllhausen und Retcliffe.«

»Das sind sieben.«

»Ja, es fehlen noch die Militärs, namentlich Generalmajor von Moltke, Sekondeleutnant Caspari, Grenadier-Hauptmann Birkholz sowie ein wackerer Mitstreiter aus dem Regiment von Braunschweig.«

Babette von Falkenhayn hob stumm zwei Finger.

»Ja, ich weiß, zwei fehlen noch«, sagte Krosick. »Ich habe mir erlaubt, Nikolaus Gruben anzuschreiben, und er hat mir sein Kommen zugesagt. Ich kenne ihn nicht persönlich, aber er war ja auch in Buckow geladen.«

»Ausgezeichnete Wahl«, beteuerte der Baron.

»Und last, but not least: das Medium.«

»Sie haben ein Medium aufgetrieben?«

»Nicht bloß irgendeines, Fräulein Baronesse. Wir bekommen Besuch von Madame Sibylle. Wie schon ihr Name sagt, eine wahre Sibylline. Ich bin überzeugt, sie versteht es, einen mit ihrer Zukunftsschau zu beeindrucken, und wird uns noch mit so mancher Prophezeiung überraschen. Etwa mit der, man möge sich vor bösen Menschen hüten oder mit Leidenschaft für seine Ziele kämpfen.«

»Sie Zyniker, Sie«, meinte der Baron. »Solche Allgemeinplätze kennt man aus Horoskopen zur Genüge.«

Bevor Albrecht zur Widerrede ansetzen konnte, trat ein Diener an den Tisch heran und meldete die Ankunft mehrerer Kutschen. Falkenhayn erhob sich. Eine Verneigung andeutend, zog er sich zurück. Julius, Albrecht, der Journalist und das junge Mädchen erwarteten mit Spannung den Auftritt der Gäste.

Anderthalb Stunden später waren alle angeregt ins Gespräch vertieft und es herrschte eine ausgelassene Stimmung. Die Atmosphäre hätte einer Fanny Lewald zur Freude gereicht, denn die Diskussionen, die sich entspannen, konnten sich mit jenen ihres Literatursalons in allen Belangen messen. Zwei Gruppen hatten sich gebildet. In der einen, in deren Mittelpunkt der Baron stand, unterhielten sich die Militaristen über den Streit zwischen Österreich und Preußen um die Verwaltung Schleswig-Holsteins, in der anderen ging es weniger um weltliche als um jenseitige Probleme.

Besonderes Augenmerk erzielte eine ältere Frau mit verhutzeltem Gesicht. Sie hatte sich in einem Sessel niedergelassen, umringt von einem halben Dutzend Personen, und starrte missmutig vor sich hin. Ihre Haare waren strähnig, beinah schon ungepflegt zu nennen. Ihre Kleider mit den vielen Armreifen und Bändern waren die einer Zigeunerin.

»Darf ich fragen, ob sie ein Schreibmedium sind?«, wurde sie von Balduin Möllhausen bedrängt.

»Was ist ein Schreibmedium?«, wollte die Baronesse wissen.

Möllhausen zögerte kurz, bevor er antwortete: »Medien nennt man Personen, die behaupten – ich sage bewusst, dass sie es behaupten –, auf paranormalem Weg Nachrichten aus dem Totenreich zu empfangen. Schreiben sie den Blödsinn, den sie von sich geben, auch noch auf, sind es Schreibmedien.« Unter Gelächter stieß er den neben sich stehenden Sir John Retcliffe an. »Genauso gut könnten wir beide behaupten, unsere dicken Abenteuerschmöker seien uns von unseren Großmüttern selig eingegeben worden. Haha!«

Die Frau – zweifellos war es Madame Sibylle – verzog keine Miene.

Theodor Fontane, stets auf Ausgleich bedacht, meldete sich zu Wort: »Meine Herren, ich bitte Sie um etwas Respekt. Es gibt ausreichend Beispiele aus der Geschichte, welche die Existenz von Schreibmedien belegen. Vor allem uns Dichtern sollten Ereignisse aus den Viten Clemens Brentanos und Justinus Kerners zu denken geben.«

»Sie sprechen auf die Damen Emmerick und Hauffe an«, bemerkte Möllhausen.

»Exakt.«

»Auf die Gefahr hin, als unwissend gebrandmarkt zu werden, möchte ich doch gern wissen, was es mit besagten Frauen auf sich hat«, warf Julius ein.

Mit einer langsamen Bewegung zupfte Fontane seine Manschetten zurecht.

»Mein erstes Beispiel«, begann er mit sonorer Stimme, »ist Anna Katharina Emmerick, eine Augustinernonne, auf deren Körper die Stigmata Jesu Christi erschienen. Sie wurde von mystischen Visionen heimgesucht, in denen sie jeden Freitag die Leidensgeschichte unseres Herrn durchlitt. Der preußische Staat leitete mehrere Untersuchungen ein, um sie als Betrügerin zu entlarven, was jedoch nie gelang. Brentano hat ihre Visionen in umfangreichen Werken aufgezeichnet.«

»Und das zweite Beispiel, das Sie anführen wollen?«

»Friederike Hauffe«, antwortete Fontane. »Eine früh verstorbene Seele, sie wurde nicht einmal 30 Jahre alt. Da bei ihr Somnambulismus diagnostiziert wurde, verbrachte sie die letzten Jahre ihres allzu kurzen Lebens im Amtshaus des behandelnden Oberamtsarztes, des als Schriftsteller bekannten Justinus Kerner. In seiner ›Seherin von Prevorst‹ hat er einen romanhaften Bericht über Hauffe und deren Dämonen- und

Geisterbesessenheit abgeliefert – ein Verkaufsschlager seiner Zeit.«

»Das alles mag ja schön und gut sein«, unterbrach ihn Sir John Retcliffe. »Aber bloß, weil jemand sagt, er sehe Gespenster, ist das für mich noch lange kein stichhaltiger Beweis für das Übersinnliche. Auch wenn der Chronist der Zeugin einen Doktortitel aufweist. Die Hauffe war eine arme Irre, die mit Aderlässen traktiert wurde und der man Schwangerschaften als Heilmittel gegen ihre Depressionen verschrieb. Alle möglichen Therapien wurden an ihr versucht, man verabreichte ihr sogar Wurstgift, um eine Wendung zum Guten oder zumindest Besseren zu beobachten. Kein Wunder, dass sie so früh verstarb. Wer solche Ärzte hat, muss sich nicht vor Feinden fürchten. Und was für eine Krankheit soll das überhaupt sein, der Somnambulismus? Meines Erachtens schlicht und einfach eine Schlafstörung.«

»Zugegeben, manchmal schlägt der Geist der Doktoren über die Stränge«, meldete sich Albrecht Krosick zu Wort. »Die Herren Brentano und Kerner waren zweifellos schwärmerische Moralisten, die in allem den Hauch des Göttlichen sahen. Aber heute Abend werden wir Gelegenheit haben, uns unser eigenes Bild von den spiritistischen Vorgängen zu machen, die Madame Sibylle uns offenbaren wird … Doch nun zu Tische, meine Herren. Ich sehe, der Baron möchte zur Tafel bitten.«

Zwölftes Kapitel

DAS ERÖFFNUNGSDINNER des Bunds der Okkultisten war eine lukullische Offenbarung. Balthasar Korff, den der Zufall an die Tafel der 13 sarkastischen Vereinsmitglieder verschlagen hatte, sollte bereits in der Montagsausgabe der Vossischen Zeitung ein Loblied auf die aufgetragenen Speisen singen. Der kulinarisch angehauchte Artikel war Auftakt einer mehrtägigen Berichterstattung, welche die Ereignisse jener denkwürdigen Initiationssitzung des Bunds zum Inhalt hatte, und eine jede Reportage warf der nach Aufregung lechzenden Leserschaft eine weitere Sensation vor.

»Selten wurde ein Wein kredenzt, der so fruchtig, leicht und spritzig war«, schrieb Korff, »wie jener, den Baron von Falkenhayn seinen Gästen bot, nämlich eine importierte Cuvée aus den Sorten Morillon, Welschriesling, Muskateller und Sauvignon. Ein Duft nach Zitrusfrüchten säuselt um die Nase, am Gaumen ist er sehr dicht, der Abgang harmonisch. Ein Gläschen, passend zum Bataviasalat mit heißem Ziegenkäse auf Brothäppchen. Als Vorspeise wurde Gänseleberterrine mit Brioche und Feigen-Chutney aufgetragen, als zweite Wahlmöglichkeit wurden gebratene Jakobsmuscheln mit Trüffelöl und Parmesan angeboten. Ein Triumph der Küche!«

Und wahrhaftig, Balthasar Korff, der Schreiberling der Vossischen lag richtig: Der Baron hatte sich nicht lumpen lassen. »Köstlich, köstlich, köstlich«, entfuhr es Albrecht, als die Hauptspeise aufgetragen wurde – karamellisiertes Spanferkelkarree an Bratkartoffeln und Gemüse.

»Haben Sie einen Hauskoch, Fräulein Baronesse? Ich werde noch Wochen in Erinnerung an dieses Essen schwelgen.«

Babette bedankte sich für das Kompliment, verneinte jedoch. »Papa und ich sind nicht gerade sesshaft. Seine Geschäfte führen ihn in alle möglichen Ecken und Enden des Deutschen Bundes. Wir hatten bereits Unterkunft in den Fürstentümern Waldeck und Pyrmont, in Schaumburg-Lippe, Schwarzburg-Rudolstadt, Liechtenstein und Reuß. Es liegt in der Natur der Sache, an jedem Ort, an dem wir unsere Zelte aufschlagen, neues Dienstpersonal einzustellen. Doch wir sind genügsam. Einmal die Woche kommen zwei Frauen zum Großreinemachen, und ab und an mieten wir einen Kutscher aus dem Dorf.«

»Überraschend antifeudal«, meinte Balduin Möllhausen mit ehrlicher Freude. Ihm, der in den Rocky Mountains als Topograf unter freiem Himmel gelebt hatte, waren zivilisatorische Auswüchse ein Gräuel. »Der Koch oder die Köchin ist also eine Eintagsfliege, wenn ich den saloppen Ausdruck verwenden darf?«

Julius Bentheim registrierte die Schönheit des Mädchens und wunderte sich, welchen Esprit ihre Sätze doch atmeten. So jung und schon so charmant, eine Meisterin der amüsanten Konversation. Was eine adlige Erziehung nicht alles auszumachen vermochte ...

»Fürwahr eine Eintagsfliege, Herr Möllhausen, aber wenn schon, dann eine seltene, eine wertvolle, eine Theißblüte etwa. So eine Fliege haben wir gesucht.«

Unter Geplänkel dieser Art verging der Abend. Teller um Teller wurde aufgetischt und wieder abgeräumt, Flaschen entkorkt, Tischreden gehalten. Der Gastgeber ergriff das Wort und erzählte von Albrechts kuriosem Einfall, und Fontane, ganz preußischer Gesellschaftshistoriker, ergänzte die Ansprache um ein paar Anekdoten über die Blütezeit des Mesmerismus unter Friedrich Wilhelm III.

Zu jeder vollen Stunde verstummten die Anwesenden, wenn der tiefe Gong der Standuhr ertönte, und als sie elf Mal geschlagen hatte, veranlasste der Baron seine Diener, die Tische zu verrücken. Das Viereck der Tafel ordnete man kreisförmig an, in die Ecken des Raumes wurden Kandelaber gestellt und Kerzen angezündet.

Madame Sibylle nahm stillschweigend Platz. Vor sich breitete sie einige alte Ausgaben des ›Allgemeinen medicinisch-chirurgischen Zeitblattes‹ aus, das vorwiegend unter dem Titel ›Asklepieion‹ oder auch als ›Jahrbücher für den Lebens-Magnetismus‹ bekannt war, und blätterte durch einige Seiten, während ringsherum hektische Betriebsamkeit einsetzte.

Indes machten sich die im Vorfeld von der Seherin instruierten Diener des Barons daran, das sogenannte Baquet aufzustellen, einen hölzernen Zuber, versehen mit Eisenstücken und angefüllt mit lauwarmem Wasser. Mehrere Bänder aus Wolltuch waren an den Metallteilen angebracht. Die Erfindung dieses Geräts ging auf Mesmer zurück; der Meister persönlich hatte es für nützlich befunden, um mittels eines metallischen Hilfsgeräts mehrere Patienten gleichzeitig magnetisieren zu können. Zudem wurden spanische Wände aufgestellt, um den Raum zu verkleinern, und dunkle Vorhänge über die Stühle und Sessel geworfen. Bentheims Blick fiel auf Albrecht, dem es eine Heidenfreude bereitete, alles so klischeehaft, aber auch erwartungsgemäß vorzufinden, wie er es sich ausgemalt hatte: ein Heiligtum des Spiritismus, ein sonderbarer Anblick par excellence.

Nacheinander nahmen die Anwesenden Platz. In freundliche Konversation vertieft, zogen sie die Stühle heran, wie es der Zufall wollte, und machten es sich bequem. Sie plauderten ungeniert, bis Madame Sibylle es für geraten ansah, von ihrer Lektüre aufzublicken.

»Bitte, bitte«, gurrte sie, »dämpfen Sie das Licht.«

Ein Diener kam ihrer Aufforderung nach, indem er die Gaslampen regulierte, und selbstgefällig nickte die Frau. »So ist es gut, so empfange ich die Botschaften von drüben, aus der anderen Welt.«

»O Sibylle«, warf Albrecht Krosick erfreut ein, »haben Sie womöglich bereits Kontakt aufgenommen?«

Ihre Augenbrauen hoben sich, als sie verärgert meinte: »Natürlich.« Und damit ihre Antwort nicht allzu lakonisch ausfiel, fügte sie hinzu: »Ich bin, wo ich gehe und stehe, stets in Verbindung mit der jenseitigen Welt.«

»Dann schnell ein Foto gemacht!«, entfuhr es dem Studenten. Aufgeregt erhob er sich, um nach Balthasar Korff zu rufen. »Bannen wir die Geister auf Papier, halten wir sie für die Nachwelt fest.«

»Genug des Spotts«, ermahnte ihn Julius leise.

»Papperlapapp! Das muss dokumentiert werden.«

Der Journalist der Vossischen Zeitung trug Albrechts Kamera herbei und wählte den geeignetsten Standort aus, um das dreibeinige Stativ zu platzieren. Zwischen den Stühlen von Fontane und Sir John Retcliffe wurde er fündig. Er schlüpfte unter das schwarze Zelttuch, stellte den Sucher ein und schob eine der präparierten Kollodiumplatten an den dafür vorgesehenen Platz. Das Motiv, das Korff sich ausgesucht hatte, bildeten Sekondeleutnant Caspari in seiner adrett herausgeputzten Uniform und Nikolaus Gruben, der Seidenhändler.

»Bitte lächeln, die Herrschaften!«

Er drückte auf den Auslöser, und im Blitzlicht verpuffte das Magnesium. Drei oder vier weitere Fotos wurden geschossen, bis das Medium mit ärgerlicher Miene dem Treiben ein Ende setzte. »Genug der Unterbrechungen«, meinte sie. »Es wird Zeit, ich spüre die Schwingungen immer deutlicher.«

Eilig raffte der Aushilfsfotograf seine Sachen zusammen, während sich unter dem Dunkelkammerzelt die Kollodiumplatten entwickelten. Mit der Besessenheit des Fanatikers zählte Albrecht Krosick die Anwesenden immer wieder durch. »Es sollten 13 sein«, bemäkelte er, an Julius gewandt.

»Gemach, gemach«, erwiderte dieser.

Ein letztes Mal machten die Diener die Runde, schenkten Rotwein ein – einen einfachen Dornfelder aus dem Wachtelberganbau – und offerierten mit Speckstreifen umwickelte Backpflaumen. Dann, als sowohl Korff als auch der letzte Lakai gegangen waren, fiel die Tür ins Schloss. Julius beobachtete seinen Freund, der ein weiteres Mal die Anwesenden abzählte, und bereute es beinah, nicht dabei sein zu können, wenn der Journalist der Vossischen die entwickelten Fotoplatten ans Licht zog. Die Atmosphäre erschien Julius unwirklich, irgendwie irreal. Überall brannten Kerzen, auf dem Tisch, in Leuchtern hinter den Stühlen, doch alles, was hinter den Wandschirmen lag, war in mystisches Dunkel gehüllt.

»Wir sind vollzählig. Exakt 13 Stück«, jubilierte Albrecht. »Möge die Séance beginnen …«

Madame Sibylle befahl den Anwesenden, die Wolltuchbänder anzufassen, die kreisförmig von dem Baquet ausgingen.

»Halten Sie sie gut fest«, erklärte sie. »Streichen Sie mit der freien Hand sanft über den Stoff, damit das magnetische Fluidum den Nerven zugeführt wird. Wir alle sind jetzt miteinander verbunden.«

Die Mitglieder des Bunds der Okkultisten griffen nach den Bändern, die einen mehr, die anderen weniger ernsthaft. Sibylle, die ebenfalls ein Stück wie eine Schnur in ihren Fingern hielt, schloss die Augen. Ein rhythmischer Singsang entwich ihren zusammengepressten Lippen, und plötzlich, als würde sie von Krämpfen geschüttelt, krümmte sie sich in ihrem Sessel. Ihr Körper sackte in sich zusammen, die Kieferpartie wurde von Kontraktionen heimgesucht. Obwohl Bentheim auf eine womöglich gespielte Epilepsie gefasst gewesen war, verblüffte ihn die Intensität der Zuckungen. Die Pupillen der Seherin rutschten nach oben, sodass das Weiß der Augen zutage trat. Zwischen Sabber und Geifer traten Satzfetzen aus ihrem Mund, kaum vernehmbar, irr und von wildem Gekeuche unterbrochen. Madame Sibylles Gesicht verkrampfte sich zusehends. Ein paar Sekunden lang bot sich dem Bund der grässliche Anblick einer Gliederpuppe, deren einzelne Extremitäten in alle Richtungen schwangen, bis sich der ganze Körper unter laszivem Stöhnen aufbäumte und wieder in sich zusammenfiel.

Einige der Anwesenden wechselten unsichere Blicke. Fontane schien kurz davor zu sein, aufzustehen und der Frau medizinische Hilfe angedeihen zu lassen, doch ein tiefer, gurgelnder Ton, der sich der Kehle der Seherin entrang, hielt ihn von seinem Vorhaben zurück: »O Gabriel, o Uriel, o Raphael, o Michael. Eure Hilfe erbitte ich ... Ja, ja ... Nennt mir Eure Begleitung ... Gut, so sei es denn ... Ich sehe eine Frau, eine alte Frau ... Nein, es ist eine junge Frau, ein Mädchen, eine arme Jungfer ... sie ist krank ... sie starb in diesem Gemäuer.«

Unter dem Tisch stieß Krosick seinen Freund mit dem Fuß an, während die Seherin erneut Haltungen annahm, die sonst einer Hysterikerin zu Gebote standen, und dabei schreckliche Enthüllungen ankündigte: »Sie wurde vergiftet, die Ärmste, hier ... in diesem Haus. O Uriel, verrate mir den Namen der Unglückseligen.«

An dieser Stelle der Séance wurden Sir John Retcliffe und Balduin Möllhausen, der Amerikareisende, gleichzeitig von derselben Idee ergriffen: Sie ließen die Bänder des Baquets los, um mit teils gelangweilter, teils belustigter Miene nach den Backpflaumen zu langen und sich mit dem Dornfelder über die Tischplatte hinweg zuzuprosten. Die junge Baronesse, die das Gebaren der beiden Dichter verfolgte, zögerte einen Augenblick, bevor auch sie das Baquet aus der Hand legte. Nacheinander folgten die restlichen Bundmitglieder ihrem Beispiel. Der Hokuspokus – oder die spiritistische Scharade, wie man das ganze Brimborium nennen konnte – war ihren rationalen Geistern eindeutig zu versponnen und wirklichkeitsfremd. Einzig das Medium, in epileptischer Trance verharrend, schwankte unablässig hin und her, wobei sich Speichel von ihrer Unterlippe löste und in rhythmischer Regelmäßigkeit auf die Tischplatte tropfte.

Dreizehntes Kapitel

DIE KALEIDOSKOPARTIGEN FARBEN DES LICHTS, das sich durch die Eisfläche gebrochen hatte, waren verschwommen und dunkler geworden, je tiefer die Novizin im Wasser versunken war. Ihre vollgesogene, schwere Ordenstracht zog sie zum Grund des Sees. Bilder fluteten durch Filines Kopf, Bilder längst vergessen geglaubter Szenen, von der Kindheit, von der Laube im Garten ihres Vaters. Ihre Hände, die sie aus freien Stücken in den Überwurf eingewickelt hatte, rupften an dem Stoff, bis Filine die Kraft verließ. Mit den letzten klaren Gedanken erfasste die junge Frau das Loch in der Eisdecke über ihr, und aus einem Impuls heraus strampelte sie mit den Beinen. Sie schnappte nach Luft und schluckte doch nur Wasser.

Oben, auf der weißgrauen, brüchigen Eisdecke, rief derweilen Schwester Verena nach Hilfe, und ein Bauer, der zufällig mit dem Leiterwagen am Ufer entlangfuhr, bremste das Gespann und sprang vom Kutschbock. Er war gerade auf dem Rückweg von einer Kohlfahrt und deshalb glänzender Laune. Die Gesellschaft hatte sich mit Boßeln und Klootschießen vergnügt und ausreichend Schnaps getrunken, um der kalten Jahreszeit zu widerstehen. Der Bauer rieb sich die Hände, Mutter Caritas winkte ihm zu und deutete mit erhobenem Zeigefinger auf den nebelverhangenen See.

Der Mann hatte verstanden.

In Ermangelung einer Stakstange griff er nach einem losen Holzstück des Rohrrahmens und schlug die Richtung ein, in welcher die überreizt wirkende Nonne auf dem Eis stand.

»Sie ist da unten«, keuchte die verhärmte Frau, als er sie erreicht hatte. Eine rote Haarsträhne fiel ihr aus dem Gesicht.

»O Gott, wer?«

»Die Satansbraut, die ihren Leib, den Tempel Gottes, entweiht.«

Einen Moment lang sah der Bauer irritiert ins Gesicht der unversöhnlichen Schwester, bis er sich aus seiner Erstarrung riss und die Stange ins kühle Nass des Großen Stechlins tauchte. Wind zog von der Richtung her, in der Rheinsberg lag, und zerrte an seinen Kleidern. Im Dunkeln stocherte er ziellos herum, bis das Holz gegen etwas Festes stieß.

»Himmel, hilf!«, rief er aus.

»Greift sie zu?«

»Nein.«

Energisch bewegte er die Stange, immer von der Angst erfüllt, die Versunkene zu treffen und noch tiefer ins klare Wasser zu stoßen, doch ein Hoffnungsstrahl erwärmte sein Herz, als ihn das unbestimmte Gefühl erfasste, es werde am Holz gezogen. Der verschwommene Anblick eines dunklen Körpers erregte seine Freude und er verdoppelte seine Anstrengungen.

Plötzlich tauchte der kahle Kopf der Novizin aus dem Loch.

»Bekommen Sie sie zu fassen?«

Schwester Verena ging in die Knie und haschte nach Filine, die ihr unentwegt zu entgleiten drohte. Die um die Stange geklammerten Finger bewegten sich nicht, waren fest wie Schraubzwingen, die Augen ausdruckslos und starr. Ihre Seele würde wie ein Phönix aus der Welt gehen, dachte die Ordensfrau, wenn es dem Mann nicht gelänge, sie zu halten.

Der Bauer zog das tropfnasse Bündel aus dem Wasser, und die Kälte drang bis zu seinen Haarwurzeln vor. Er biss die Zähne zusammen, als er die Bewusstlose aufs Eis hievte, ihr den Mund öffnete und wiederholt mit den offenen Handflächen auf ihren Brustkorb drückte. Unter Filines geschlossenen Lidern bewegten sich die Augen – das Aufflackern ihres Lebenswillens. Sie hustete, ein Schwall Wasser ergoss sich aus ihrem Mund, und der Mann wusste, dass er sich nun beeilen musste, denn die Unbilden des Wetters waren wie geschaffen dafür, sich den Tod durch eine Lungenentzündung zu holen.

Die Tage und Nächte, die auf die Katastrophe am Stechlin folgten, verbrachte Mutter Caritas wachend am Bett der Kranken. Sie wusch sie persönlich, obwohl sie eine Nonne damit hätte beauftragen können, und sie betete dreimal täglich einzelne Horen des Stundengebets.

Nur selten ließ sie Filine allein, die sich von Fieberträumen geplagt auf ihrer Schlafstatt hin und her wälzte. Feine Stoppeln überzogen inzwischen den vormals geschorenen Kopf der Novizin. Ihre Wangen waren eingefallen, dunkle Ringe der Erschöpfung lagen unter den Augen. In einer Ecke am Boden stand ein Porzellannachttopf – ungebraucht, denn die junge Frau hatte sich bisher nicht in der Lage gesehen, das Bett zu verlassen. Mehrmals täglich wurde sie von der alten Oberin mit einem feuchten Lappen gewaschen und mit einem Tuch abgetrocknet.

Der Arzt, der ins Kloster Lindow gerufen wurde, diagnostizierte eine beginnende Lungenentzündung und empfahl Wadenwickel. »Außerdem muss sie viel trinken«, erklärte er, »mindestens zwei Liter pro Tag. Und klopfen Sie ihren Brustkorb ab. Das ist ganz wichtig, die Klopfmassage muss sein, Ehrwürdige Mutter.«

Und so führte Mutter Caritas mit der hohlen Hand kurze, schlagende Bewegungen auf Höhe von Filines Lunge aus. Ihr Gesicht war verbissen, wenn sie zum Schlag ausholte, und ihre Verbissenheit steigerte sich mit jedem Tag, an dem Filine wieder an Kraft gewann. Nach einer Woche hatte die 60-jährige Stiftsleiterin zu ihrem alten Groll zurückgefunden, der ihr äußerst dienlich war, der beinah Ertrunkenen die ärztlich verordnete Behandlung mit der gebotenen Sorgfalt angedeihen zu lassen.

Als Filine Sternberg sich endlich imstande sah, aufzustehen und in einen Spiegel zu schauen, bestürzte sie der Anblick, der sich ihr bot: grünliche Blutergüsse überzogen eine Hälfte ihres Gesichts, nämlich dort, wo sie die Stakstange ihres Retters getroffen hatte. Sie war geschwächt und hungrig, und ihr Atem roch säuerlich.

»Wo ist Julius?«, fragte sie matt, in der illusorischen Hoffnung, jemand habe ihn über ihr Befinden in Kenntnis gesetzt.

Mutter Caritas hielt ihrem Blick stand, ohne etwas zu erwidern.

»Er kommt also nicht«, stellte Filine entmutigt fest.

»Er nicht, aber dein Vater.«

»Wann?«

»Sobald er abkömmlich ist. Wir haben ihm eine Depesche geschickt.«

»Wann war das?«

»Vor fünf Tagen.«

Filine Sternberg ließ sich auf ihr Bett sinken und starrte an die gegenüberliegende Wand ihrer Kammer. Wenn der Brief vor fünf Tagen abgeschickt worden war, hatte ihn ihr Vater vielleicht noch gar nicht erhalten. Ein befremdlicher Gedanke bemächtigte sich ihrer. Was die Schwestern wohl im Falle ihres Todes getan hätten? Hätten sie die Ankunft ihres Vaters abgewartet? Ihren Leichnam zehn, elf oder noch mehr Tage unbestattet gelassen, sodass er der Verwesung anheimfiele? Sie betrachtete den kleinen Tisch mit Stuhl, sah die Bibel und das Kruzifix auf der Tischplatte liegen, und fühlte, dass die Erinnerung an Julius die gesamte Gegenwart auslöschen würde.

Ein Hustenreiz übermannte die Novizin.

Mutter Caritas betrachtete ihren Schützling, ohne sich zu rühren, und als Filine sich erholt hatte, blähten sich ihre Nasenflügel vor Wut. Sie ahnte jetzt – nein, sie spürte es, sie wusste es ganz gewiss, dass es einen Ausweg gab, diesem Gefängnis zu entgehen: Es war das, was sie ins Wasser getrieben hatte und was eigentlich keine Lösung war, aber es war der einzig gangbare Weg, der ihr noch blieb …

Vierzehntes Kapitel

AM TAG NACH DER SÉANCE bei Baron von Falkenhayn erhob sich ein mannigfaltiges Rauschen im Blätterwald. Die Morgenzeitungen wussten noch nichts über die Geisterbeschwörung des Vorabends zu erzählen. Am Nachmittag jedoch erschien eine kleine Sonderausgabe der Vossischen Zeitung, in welcher Balthasar Korff von schauerlicher Teufelskunst und Hexenwerk berichtete und dies mit zahlreichen Holzstich-Illustrationen dokumentierte.

Bereits am Abend stimmten die nächsten Blätter in das Geraune ein. Die weniger kritischen unter ihnen übernahmen völlig arglos Korffs Bericht und reicherten ihn mit Glossen über Zauberei und Höllenkunst, Magie und Okkultismus an. Andere hinterfragten offen die Berichterstattung. Korff sei ein Lügner, seine Illustrationen Fälschungen, sagten sie. Doch die Fotografen der Vossischen fertigten Negative der Kollodiumplatten an, bevor Albrecht Krosick sie abholen kam, und die auf Albuminpapier gebannten Aufnahmen machten die Runde in den Redaktionen. Experten wurden zurate gezogen, doch keiner von ihnen konnte den Nachweis einer Doppelbelichtung erbringen.

Von der nordöstlichen Ecke der Kreuzung Friedrichstraße und Unter den Linden, beim eleganten Hotel Victoria, zogen die Zeitungsjungen in die vier Himmelsrichtungen los, um ihre Journale an den Mann zu bringen. Ihre Handkarren über das Pflaster schiebend, machten sie die Leute auf sich aufmerksam. Die Geisterfotos mit Adele Bredow als Totenbraut aus dem Jenseits hatten definitiv das von der Öffentlichkeit so aufmerksam verfolgte Ringen zwischen Bismarck und König Wilhelm um eine kriegerische Lösung der Schleswig-Holsteinischen Frage als Neuigkeit des Tages verdrängt.

»Bund der Okkultisten gegründet!«, schrie einer, der sich am Sockel des Reiterstandbilds Friedrichs des Großen postiert hatte. »Beklemmende Gespenstererscheinung nahe der Charlottenburger Chaussee!«, rief ein anderer.

Albrecht Krosick war wie aus dem Häuschen, als er Julius Bentheim über die neuesten Entwicklungen auf dem Laufenden hielt. Zusammen mit ihrer Vermieterin, der noch immer leicht kränkelnden Witwe

Losch, saßen sie in der Küche und tranken brühend heißen Kaffee.

»Stellt euch vor, da hat tatsächlich ein Journalist eine Straßenumfrage gemacht: Ob man bereits mit dem Übernatürlichen in Kontakt getreten sei? Einer der Angesprochenen meinte, Freunde hätten in seiner Wohnung Gläserrücken veranstaltet. Seither sehe er nachts unheimliche Gestalten um sein Bett schweben. Auch träume er von ihnen und erhalte Eindrücke von drüben.«

»Herrje, einer von diesen Spinnern«, bemerkte die Vermieterin trocken. »Jeder Mensch weiß doch, dass Träume prinzipiell eine trügerische Sache sind. Wenn ich morgens aufwache, kann ich mich nur noch bruchstückhaft an sie erinnern, und wenn ich sie deuten möchte, lasse ich womöglich etwas aus oder erfinde etwas hinzu. Es gibt keine neutralen, objektiven Zeugen in der Traumdeutung.«

Bentheim nickte, während Albrecht amüsiert mit der Zeitung wedelte. »Ein anderer behauptet, immerzu den kalten Atem eines Geistwesens im Nacken zu spüren, und wenn er sich umdrehe, sei niemand da.«

»Suggestion und psychische Labilität«, stellte Julius fest. »Eine teuflische Kombination.«

»Aber anscheinend weit verbreitet.«

»Die ich rief, die Geister, werd' ich nun nicht los …«, zitierte Amalia Losch.

»Da können Sie noch so oft unseren wertesten Dichter bemühen, es ändert nichts an der Tatsache, dass die meisten Zeitgenossen äußerst leichtgläubig sind. Hören Sie, Frau Losch, das Beste kommt zum Schluss: Hier meint eine Passantin, sie kommuniziere mit Thusnelda, ihrer unlängst verstorbenen Katze.«

Mit stoischer Miene mischte die Vermieterin einen Löffel Zucker ihrem Kaffee bei und rührte um. »Es ist immer wieder erstaunlich, wie wenig bibelfest diese Leichtgläubigen doch sind«, bemerkte sie. »Die abergläubischsten Leute, die mir über den Weg gelaufen sind, sind zugleich auch die religiösesten; und dabei vermengen sie allerlei und weichen meilenweit von der offiziellen Lehre ab.«

»Wie meinen Sie das, Frau Losch?«

»Unser evangelischer Katechismus spricht den Tieren die Seele ab und bei den Katholiken hat dies schon der Kirchenvater Thomas von Aquin getan. Seiner Meinung nach sind alle Viecher geistlose Wesen – Frauen übrigens auch.«

»Darauf einen Toast.«

»Sie sind unverbesserlich, Herr Krosick, das sichere Merkmal einer Generation von Narren. Aber ich gebe zu, ein Schnäpschen zum Kaffee schadet nie.«

Der Fotograf erhob sich und trat ans Küchenbord, wo versteckt hinter den Tassen und Kannen des Dresmer Teegoods eine Flasche ›Arme-Leute-Schnaps‹ stand, der in einer der vielen brandenburgischen Kartoffeldestillerien gebrannt worden war. Großzügig schenkte er ein, und die beiden Studenten und ihre Vermieterin prosteten sich zu.

Eine Stunde und etliche Gläschen später – als Albrecht es bereits mit der Angst zu tun bekam, der Alkoholkonsum mache ihn zu einem zweiten Octave de Malivert – pochte es an die Tür.

»Wer mag das sein? Um diese Zeit …«

»Durch Raten finden Sie es nicht heraus«, meinte Amalia Losch, deren Husten durch das feurige Getränk wie weggebrannt war. »Stehen Sie auf, Herr Bentheim.«

Schwankend kam der Tatortzeichner der Aufforderung nach. Um nicht vornüberzukippen, tappte er die Wände entlang, wobei er um Haaresbreite eine Reproduktion von Adolph Northerns Gemälde ›Die Preußen erstürmen Plancenoit‹ herunterriss, und gelangte endlich zur Tür. Der kleine Junge, der bibbernd vor ihm stand, war derselbe Dreikäsehoch, der vor einigen Monaten Briefträger für Fanny Lewald, aber auch für Filine und Julius gespielt hatte. Bentheim stockte der Atem, als ihn die Erinnerung wie ein Schlag traf, denn bei ihrer letzten Begegnung war der Knabe Überbringer schlechter Nachrichten gewesen: 100 Silbergroschen hatte Julius ihm für seinen Botendienst gegeben und dafür erfahren müssen, dass Pastor Sternberg seine Tochter mit Stubenarrest belegt hatte.

»Du schon wieder«, entfuhr es dem Studenten.

»Ist Herr Krosick zugegen?«, entgegnete der kleine Briefträger ungerührt.

»Albrecht!«, rief Julius in Richtung Küche. Bald waren schlurfende Schritte zu vernehmen, bis die Gestalt des Fotografen im Türrahmen erschien.

»Du hier?«, rief er erregt. »Und zu dieser Zeit! Was ist geschehen?«

»Er hat seine Sachen gepackt, Herr Krosick.«

Mit einem Mal schien Albrecht nüchtern zu sein. Aufgeregt fasste er den Kleinen an den Schultern. »Wann?«

»Wenn Sie sich beeilen, holen Sie ihn ein. Er ließ mich eine Kutsche besorgen. Sie fährt Richtung Nordosten, hinaus zum Hamburger Tor. Es war purer Zufall, dass ich vor Ort war.«

»Ich verstehe nicht«, meinte Julius. »Wer verreist?«

Mit fahlem Gesicht wandte sich sein Freund zu ihm um, als er antwortete: »Pastor Sternberg.«

Eine halbe Stunde später saßen die Studenten in einer Kutsche und näherten sich der alten Akzisemauer. Im Dunkel der Nacht erhoben sich die beiden Obelisken vor ihnen, die das Tor zu einer der Ausfallstraßen in die Vorstadt bildeten. Das alte Zollhaus war nicht mehr besetzt, seit man begonnen hatte, die Stadtmauer Schritt für Schritt abzureißen. Auf Albrechts Instruktionen hin hielt der Kutscher, und die Freunde sprangen aus dem Wagen, um sich bei den Passanten nach dem Pastor zu erkundigen.

Ein armselig gekleideter Malermeister, der mit einer Pulle Fuselwein in der Hand an einer Mauer lehnte, gab Antwort: »Unjefähr 40 Jahr alt, truch 'nen schwarzen Übarrock mit Astrachan-Krajen, hat sich dort drüben een paar Schmalzstullen jekooft. Det wird wohl 'ne lange Reise.«

»In welche Richtung fuhr er?«

»Is' da vorn links abjebochen. Gloob ick mal.«

»Nach Neuruppin«, bemerkte Julius, den das Abenteuer in Erregung versetzte, und als sie dem Kutscher die Richtung zugeraunt hatten und wieder im ratternden Wagen saßen, informierte ihn Albrecht ausführlich über Sinn und Zweck ihrer Verfolgungsjagd.

»Ich habe den Kleinen wöchentlich entlohnt, damit er ein wachsames Auge auf den Pastor hat und mich gleichzeitig auf dem Laufenden hält. Meine Überlegungen zielten darauf ab, dass es wohl keinen Vater auf der Welt gibt, der nicht bisweilen von der Liebe zu seinem eigen Fleisch und Blut übermannt wird. Irgendwann musste er einfach abreisen.«

»Aber weshalb so überstürzt?«, wandte Julius nachdenklich ein, die Stirn in Sorgenfalten gelegt. »Und überhaupt, wann wolltest du mich über deine geheime Aktion in Kenntnis setzen?«

»Sobald es nötig gewesen wäre.«

Eine geraume Zeit lang entgegnete der Tatortzeichner nichts, bis er mit leicht widerspenstigem Unterton in der Stimme die Stille brach: »Und dies war anscheinend nie nötig während der letzten Monate?«

Beklommenes Schweigen senkte sich über die Freunde. Albrecht kratzte nervös mit dem Finger über die raue Tapetenmusterung der Kutsche. Einmal setzte er zur Erwiderung an, ließ es aber bleiben, bis er einen zweiten Versuch wagte.

»Wir sind jung, Julius«, meinte er, »sehr jung. Wie

tief vermag schon die Liebe eines knapp 20-Jährigen zu dringen? Wie lange hält schon die Schwärmerei eines Mädchens? Wie alt ist sie? 15, 16 Jahre alt?

»Sie wird dieses Jahr 17«, entgegnete Julius trotzig.

»Tant pis, das ist einerlei. Eins weiß ich aus Erfahrung: In der Liebe gibt es immer einen, der küsst, und einen, der geküsst wird. Ich frage mich, wer bei euch welche Rolle einnimmt, und ich denke, du bist nicht der Küssende ...«

Draußen in der Dunkelheit zogen die schwarzen Baumstämme einer Allee wie Schatten an den Wagenfenstern vorbei. Bentheim dachte über das Gehörte nach. Er war es leid, eine Antwort zu geben, weil vor seinem inneren Auge Bilder aufflackerten, die er am liebsten verdrängt hätte: Die Silhouette Adele Bredows schälte sich aus dem Nebel heraus, ein nackter Körper, den er letzten Sommer mit den Augen des Künstlers studiert und gezeichnet hatte. Insgeheim ahnte Julius, dass sein Freund recht haben könnte.

Fünfzehntes Kapitel

BEI DEN NÄCHSTEN DREI GASTHÄUSERN, an denen sie hielten, war ihnen das Glück hold. Jeweils mindestens eine Person wusste von einem Mann in schwarzem

Überrock mit Astrachan-Kragen zu berichten. Unbeirrt setzten sie die Verfolgung fort, und in Julius stieg die Hoffnung, das Geheimnis um den Verbleib seiner Filine zu lüften.

Noch vor ein bis zwei Jahrzehnten waren die Straßenverhältnisse so miserabel gewesen, dass man einen ganzen staubigen Tag lang in der Kutsche verbringen musste, um die kurze Strecke von zehn preußischen Meilen zurückzulegen. Jede Reise war ein Wagnis. Man musste froh sein, mit heilen Gliedern am Bestimmungsort anzukommen, und ungefedert und wenig gepolstert, wie die Kutschen waren, boten sie weder Bequemlichkeit noch Wetterschutz. Bei Regen verwandelten sich die Straßen in kotige Sümpfe. Nicht selten kam es vor, dass die Passagiere aussteigen und anschieben mussten, wenn das Gefährt bis zu den Radnaben im Morast eingesunken war.

Erst ab den 1820er-Jahren wurde der Bau richtiger Schotterstraßen vorangetrieben, wenn auch nur zaghaft. Die Gemeinden befürchteten einen Gewinneinbruch. Schnellerer Verkehr bedeutete weniger Übernachtungen in den Gaststätten. So war es kein Wunder, dass vor allem Sattler, Gastwirte, Bäcker oder Schmiede den Ausbau des Straßennetzes hintertrieben und dagegen Stimmung machten.

Irgendwo in dem rückständigen Niemandsland zwischen Berlin und Neuruppin stoppte der Kutscher zum vierten Mal. Als Julius den Verschlag öffnete, erblickte er den Vorplatz einer öden, verdreckten Nachtabsteige.

Ein Kamin erhob sich in bedenklicher Schräge zum Himmel und dem Dach fehlten einige Ziegel.

»Heda!«, winkte er einen Stallburschen heran.

»Der Herr haben gerufen?«

»Kam hier eine Kutsche vorbei? Der Insasse so um die 40. Hagere Statur, bleiches Gesicht.«

Der Knabe schüttelte den Kopf, seine Nase triefte. »Sie sind seit Stunden die einzigen Gäste.«

»Kutscher!«, meldete sich Albrecht zu Wort. »Gab es eine Weggabelung, an der wir vorbeikamen?«

Der Angesprochene, der sich mehrere Felle umgeworfen hatte und derart bemäntelt auf dem Bock saß, schnäuzte sich ausgiebig, bevor er verneinte: »Nicht, dass ich wüsste. Mir ist nichts aufgefallen.«

»Keine Radspuren im Schnee, die abzweigten?«

»Nein.«

Julius und Albrecht beratschlagten, was zu tun war. Es war augenscheinlich, dass ihnen die winterliche Dunkelheit bei der Verfolgung nicht half. Außerdem mutmaßten die Studenten, dass vom Kutschbock herab ohnehin nicht zu sehen gewesen sein konnte, ob vor ihnen jemand vom Weg abgebogen war. Ein Schimmer der Verzweiflung huschte über Bentheims Gesicht und ein unbändiger, unerklärlicher Hass auf die heruntergewirtschaftete Umgebung kroch in ihm hoch.

»Herr? Soll ich die Pferde abspannen?«, meldete sich der Bursche lustlos zu Wort.

»Verzieh dich!«, raunte ihm Julius zu, und zu Albrecht gewandt, meinte er entmutigt: »Lass uns heimfahren.«

»Womöglich wurde der Pastor zu einem seiner Schäflein gerufen«, versuchte dieser ihre Niederlage abzuschwächen.

»Ja, womöglich«, wiederholte Julius, als er den Verschlag öffnete und sich enttäuscht in die Kissen der Kutsche fallen ließ. Es schien ein Fluch auf dieser Nacht zu liegen, die den Studenten auf den harten Boden der Realität zurückholte. Zermürbt und schweigsam traten die zwei Freunde die Rückreise an. Als sie vor Amalia Loschs Quartier den Wagen verließen, waren sie durchfroren und fühlten sich wie gerädert. Die Sonne stieg zaghaft am Himmel hoch und schickte bereits die ersten wärmenden Strahlen über die Bürgerhäuser und Mietskasernen.

Julius gähnte, ohne sich die Hand vor den Mund zu halten, und eine altbekannte Stimme rief ihm zu: »Aber, aber, Herr Bentheim. Genieren Sie sich nicht?«

»Herr Kommissar, Sie hier?«

Der Mann, der an ihre Kutsche herantrat, war dunkelblau gewandet. Seine Miene war gewohnt undurchdringlich, sein Händedruck fest, seine ganze Erscheinung Respekt heischend. Gideon Horlitz war in seinen Fünfzigern, seine grau melierten Haare trug er stets tadellos frisiert. Ihm hatten Bentheim und Krosick es zu verdanken, dass sie hin und wieder eine Gelegenheitsarbeit erhielten – Julius dank seines Zeichentalents als Tatort- oder Gerichtszeichner, Albrecht aufgrund seines fotografischen Geschicks. Horlitz war ihr Mentor bei der Polizei, und nur weil er und seine Gattin die Einladung zur Silvesterfeier hatten ablehnen müssen, waren die Studenten nachgerückt. Der Kommissar deutete auf den Wagen, ohne auf die Frage einzugehen, und meinte: »Ihr Gefährt?«

Julius nickte.

»Wie lange waren Sie unterwegs?«

»Die ganze Nacht. Wieso fragen Sie?«

»Kann der Kutscher das bezeugen?«

»Herr Kommissar, was ist passiert?«

»Antworten Sie, Bentheim«, erwiderte er gereizt.

»Ja, natürlich kann er das bezeugen.«

Horlitz entspannte sich merklich. Sein Gesicht, vormals eine starre Maske, wurde weicher, als er meinte: »Sie brauchen den Fahrer nicht zu entlohnen, meine Herren. Noch nicht. Zuerst jedoch, Albrecht, holen Sie Ihre Kamera aus dem Haus, und dann steigen Sie ein, wir machen eine Ausfahrt. – Kutscher! Sobald er wieder da ist: zum Tempelhofer Feld!«

Sechzehntes Kapitel

AUF DER HOCHFLÄCHE DES TELTOW, südlich von Berlin und inmitten einer relativ unbebauten Gegend, lag das Tempelhofer Feld, das militärische Übungsgelände der Berliner Garnison. Erst vor wenigen Jahren, als die Soldaten noch zu großen Teilen inmitten von Bürgerquartieren untergebracht waren und ein ständiges Ärgernis für die zivile Bevölkerung darstellten, hatte man den Bau von Kasernen beschlossen. An einigen ratterte die Kutsche vorüber, ehe sie auf den Paradeplatz zuhielt. Der Wagen beschrieb einen Bogen und stoppte bei einem Lattenzaun.

Die drei Insassen stiegen aus und der Kommissar befahl dem Fahrer im Namen der Preußischen Justiz, sich für eine spätere Vernehmung zur Verfügung zu halten; die Entlohnung seiner Arbeitszeit werde von den Herren Bentheim und Krosick übernommen werden.

»Das geht ins Geld«, warf Albrecht verdrießlich ein.

Horlitz warf ihm einen scheelen Seitenblick zu und erwiderte: »Das sollte Ihnen Ihr Alibi wert sein.« Mit dem Finger deutete er auf einen mehrere 100 Meter entfernten Punkt jenseits der Abschrankung, wo einige Gendarmen geschäftig den Ort absuchten. Unmittelbar neben ihnen lag etwas hingestreckt am Boden: zweifellos eine menschliche Leiche.

Julius Bentheim ließ den Blick über die winterliche Gegend wandern. Wie eine Schneise zogen sich mehrere Fußspuren vom Paradeplatz durch den Schnee. Linker Hand, wo sich einst die beliebte Rennbahn des Vereins für Pferdezucht und Pferdesport befunden hatte, erstreckten sich die Schienen der Anhaltischen-Eisenbahn-Gesellschaft, die von Berlin nach Halle führten. Diese Bahnstrecke begrenzte das östliche Feld, das der Armee als Manövergelände diente.

»Darf ich bitten?«, meinte der Kommissar, die Freunde aus ihren Betrachtungen reißend. Er schwang sich über den Lattenzaun und hielt auf die Gendarmen zu, wobei Julius und Albrecht darauf erpicht waren, Schritt zu halten, während sie sich mit den fotografischen Utensilien abmühten. Je näher sie dem Objekt kamen, desto mulmiger wurde es dem jungen Tatortzeichner. Wer mochte hier liegen? War es eine Frau? Ein Mann? Kannten sie die Person womöglich? Aller Wahrscheinlichkeit nach schon. Wieso sonst bräuchten sie ein Alibi? Zwischen den Beinen der Polizisten blitzte ein helles Leuchten auf, ein Lichtstrahl, der vom Metall einer Pickelhaube reflektiert worden war.

Als sie den Tatort erreicht hatten, baute Albrecht seine Kamera auf, während sich Julius von einem der Gendarmen Zeichenblock und Stifte reichen ließ. Der Tote trug weiße Hosen und einen einreihigen blauen Waffenrock mit acht Knöpfen. Der Körper besaß derart verrenkte Glieder, dass sie in absurder Stellung von ihm abstanden, besonders die Arme. Dort, wo normalerweise das Gesicht war, präsentierte sich den Betrachtern eine verschwommene Maske aus breiigen Hautfetzen und verätztem Fleisch. In den Löchern unter der Stirn erinnerten nur mehr kleine, verkümmerte weiße Flecken an die Augen. Die Wangen des Soldaten existierten nicht mehr, sodass der Blick auf zwei dunkle Zahnreihen freigegeben war, zwischen denen eine schwarz verfärbte Zunge herausragte.

»Sehen Sie die Fußspuren, die von der Leiche weggehen?« Horlitz zeigte auf den Verlauf einiger Abdrücke im Schnee, die einerseits zu einer nah gelegenen Gruppe von Bäumen und Sträuchern führten, zwischen denen zwei Gendarmen in gebückter Haltung den Boden absuchten, andererseits aber auch quer über das Feld liefen. »Nun dürfen Sie in der Praxis erproben, was Sie auf der Universität gelernt haben. Was verrät Ihnen das über den Ablauf des Verbrechens? Überlegen Sie, bevor Sie antworten. Und bitte gehen Sie nicht nach Lehrbuch vor. Dafür sind Sie viel zu klug.«

Albrechts Kopf tauchte unter dem inzwischen aufgebauten Kamerazelt auf. »Aus welcher Richtung kamen die Polizisten?«, erkundigte er sich.

»Aus derselben wie wir eben.«

»Dann wurde der Tatort zumindest ab hier in die Richtung nicht mehr verunreinigt«, fügte Julius an und deutete auf das Wäldchen. »Was ist das? Nordwesten? Nordnordwest?«

»Westen, und zwar exakt westliche Richtung. Wenn man hier eine gerade Linie zieht, landet man direkt in Potsdam.«

»So weit müssen wir nicht gehen, um den Täter zu finden«, lächelte Albrecht. »Ich sehe, dass die Spur, die von der Baumgruppe herführt, breiter ist, ausgetretener. Ab und an sind die Abdrücke am Boden verwischt. Da muss sich der Verletzte abgestützt haben. Er ist getorkelt, gestrauchelt, stand wieder auf, irrte über das Feld, bis er …«

»… bis er hier starb«, vollendete Julius die Überlegungen seines Freundes und fuhr fort: »Die zweite Fußspur ist zielgerichteter. Sie kommt von diesen Baracken dort hinten. Wohl Soldatenunterkünfte, nicht wahr?«

»Wohnungen, die hauptsächlich zum Regiment von Braunschweig gehören. Auch einige Dragoner des Regiments Prinz Albrecht von Preußen leben dort.«

»Gehören nicht Sekondeleutnant Caspari und Grenadier-Hauptmann Birkholz dem Regiment von Braunschweig an?«

»Sie haben es erfasst.«

Julius schwieg. Er ahnte Unheilvolles, und ein Seitenblick auf Albrecht genügte, um zu erkennen, dass diesen der gleiche Gedanke plagte.

»Wer ist der Tote?«, fragte Albrecht schließlich. »Caspari oder Birkholz?«

»Verraten Sie mir erst einmal, wie man so eine Leiche identifiziert, wenn sie derart von Vitriol verunstaltet ist!«, lachte Horlitz auf und zuckte mit den Schultern. »Aber vermutlich wird es Letzterer sein. Wir wissen zumindest, dass es nicht Caspari sein kann. Dieser nämlich war es, der den Toten gefunden hat.«

»Wo befindet sich der Sekondeleutnant zurzeit?«

»In einer der Baracken, wo ihm ein Militärarzt ein Sedativum verabreicht hat. Der arme Kerl ist völlig konfus. Auch Staatsanwalt Görne ist bei ihm. Er wartet dort auf uns.«

»Wieso ermitteln Sie überhaupt, Herr Kommissar?«, wollte Julius wissen. »Wäre für so etwas nicht die Landgendarmerie der Militärpolizei zuständig?«

Gideon Horlitz fuhr sich mit dem Finger durch den Backenbart, als er antwortete: »Das haben wir bloß Ihnen zu verdanken, Albrecht. Ihnen und Ihrem verdammten Bund der Okkultisten. Zweimal haben Sie eine Séance abgehalten, und zweimal liegt eine Leiche im Schnee. Bevor ich Sie beide heute Morgen abfangen konnte, habe ich mit Generalmajor von Moltke ein paar Billetts ausgetauscht. Angesichts der grassierenden Geister-Hysterie sind wir einhellig der Meinung, dass die Ermittlungen von uns geleitet werden müssen. Außerdem war das erste Opfer Zivilist.«

»Unfallopfer«, präzisierte Bentheim.

Der Kommissar sah ihn nachdenklich an. »Das behaupten Sie, Julius. Die Presse wird sich ihren eigenen Reim darauf machen.« Er seufzte, als er den von Säure zerfressenen Kopf der Leiche betrachtete, und meinte resigniert: »Sieben Tage hat die Woche. Und wann lassen sich die Leute umbringen? Am Montag? Am Dienstag? Nie, aber auch wirklich nie, Herrgott noch mal! Am Sonntag muss es sein, wenn unsereiner ausschlafen und dann in die Mittagsmesse gehen möchte …«

»Sie sind nicht zu beneiden«, meinte Albrecht trocken.

»Und wir sind abgeschweift, meine Herren. Was weiter also verrät uns der Tatort?«

»Irgendwo bei der Baumgruppe wird sich ein weiteres Paar Fußspuren finden«, erklärte Julius Bentheim. »Ihre beiden Polizisten dort drüben haben sich in weiser Voraussicht von der anderen Seite dem Wäldchen genähert. Ich vermute, sie sind zwei unterschiedlichen Spuren gefolgt: jener des Mörders und jener des Ermordeten.«

»Schlau kombiniert.«

Ein kurzer, aber kräftiger Windstoß ließ Bentheim frösteln. Die Kälte fuhr ihm unbarmherzig durch die Kleidung und erinnerte ihn daran, dass er bereits seit mehreren Stunden auf den Beinen und dementsprechend erschöpft war. »Albrecht soll Fotos von dieser Spur hier und von den zwei anderen schießen. Ein Vergleich der Schuhsohlen wird hierüber Klarheit bringen. Stammen Sie von drei Menschen, ist Caspari unschuldig; stammen sie aber von zweien, ist er der Mörder: Im Wald hat er Anton Birkholz umgebracht, sich wieder entfernt, um sich von den Baracken her erneut der Leiche zu nähern und sich als derjenige auszugeben, der durch Zufall den Toten gefunden hat. Meiner Meinung nach jedoch eine These, die nicht überzeugt.«

Wohlgefällig trat Gideon Horlitz einen Schritt beiseite und kramte in seiner Hosentasche nach einem Zigarrenetui. Als er das Futteral gefunden hatte, bot er seinen Eleven eine Zigarre der erst wenige Monate alten Fabrik Loeser & Wolff an: »Hier, bedienen Sie sich. Solch ein Anblick muss verdaut werden, und was gibt es Besseres als das herbe Aroma von Tabak?«

Sie pafften geraume Zeit, während um sie herum die Gendarmen ihrer Arbeit nachgingen. Die Zielstrebigkeit, mit der sie dies taten, imponierte Julius und er stellte zufrieden fest, dass es Horlitz gelungen war, eine schlagkräftige Truppe zu formieren. Der Student inhalierte den Rauch der Zigarre, behielt ihn einige Sekunden in der Mundhöhle, bevor er ihn durch die Nase wieder ausstieß. Dabei führte er sich den Ablauf des Mordes vor Augen: Er stellte sich den Täter vor, sah ihn sich dem Wäldchen nähern, in das er Grenadier-Hauptmann Birkholz gelockt hatte. Oder war es ein Techtelmechtel gewesen? Eine heimliche Liaison? Bentheim verwarf den Gedanken. Allzu absurd war es, an ein weibliches Wesen zu denken. Hier, in dieser militärischen Umgebung, wäre eine Frau leicht Gefahr gelaufen, aufzufallen. Der Mörder trifft sich also mit Birkholz, wobei er die Tatwaffe bereits bei sich trägt. Doch wieso Säure? Wieso die Tatwaffe der Damenwelt? Die unmännlichste Waffe, die man sich denken kann?

»Warum wurde das Opfer verätzt?«, formulierte Julius seine Überlegungen laut aus.

»Das habe ich mich auch gefragt«, meinte Albrecht. »Ich denke, eine Pistole wäre als Mordwaffe schlicht und einfach ungeeignet gewesen. Der Knall beim Abfeuern hätte ungewollte Zeugen aufhorchen lassen. Und eine Stichwaffe ist zu unsicher, wenn man bedenkt, dass man einen kräftigen, athletischen Soldaten ausschalten möchte. Ehe man sich versieht, ist man entwaffnet und hat selbst die Klinge am Hals.«

»Krosick hat recht«, stimmte der Kommissar zu. »Vitriol ist eine leise, tödliche Waffe. Außerdem hat es den Vorteil, dass man es in einer Flasche transportieren kann. Unter dem Vorwand, dem Grenadier-Hauptmann etwas zu trinken anzubieten, kann der Mörder problemlos zur Säure greifen, ohne dass Birkholz etwas von dem dräuenden Schicksal ahnt.«

»Bei Balzac kommt Vitriol oft vor«, sinnierte Bentheim. »Sein Vautrin, dieser Erzbösewicht, verbrennt sich damit das eigene Gesicht, um unerkannt den Häschern der Pariser Sûreté zu entkommen.«

Wieder schwiegen die Männer, und ein Gefühl der Beklemmung beschlich den Tatortzeichner. Der Täter hatte eine Flasche entkorkt, um gleich darauf deren Inhalt dem Soldaten entgegenzuschütten. Sein Gesicht musste wie ein frisches Aquarellbild im Wasser zerflossen sein. In einem Gespinst aus Dampf hatten sich die Augäpfel verflüchtigt. Schreie waren keine zu hören gewesen – die Säure hatte Wangen, Zunge, Stimmbänder und Kieferpartie bereits zerfressen. Noch immer auf den Beinen stehend, war Birkholz aus dem Wald getorkelt, bis ihn auf dem Feld die Kräfte verließen.

»Das war konzentriertes Vitriol«, bemerkte Albrecht. »Sehr giftig, sehr effektiv, sehr gefährlich. Ich benutze manchmal die stabile Variante der Thioschwefelsäure, das Thiosulfat, als Fixiermittel für Fotos. Jemand, der sich damit nicht auskennt, kann leicht in Teufels Küche geraten, und das meine ich wörtlich: Zum Verdünnen muss man nämlich das Vitriol ins Wasser gießen; macht man es fälschlicherweise umgekehrt, kommt es zu einer chemischen Reaktion. Die Flüssigkeit spritzt und verätzt einem die Hände.«

Aufmerksam hatte Horlitz zugehört. Er warf seine Loeser & Wolff, die bis zur Banderole heruntergebrannt war, in den Schnee und hakte nach: »Gratuliere, die Herren, Ihre Schlussfolgerungen sind auch die meinen. Auch ich bin der Ansicht, dass sich der Täter vielleicht verletzt haben könnte. Unser Problem ist nur, dass Vitriol an allen Ecken und Enden gekauft werden kann. Denken Sie nur einmal an das berühmte Berliner Blau, das ebenfalls aus Vitriolen hergestellt wird. Der Kreis der Verdächtigen schränkt sich dadurch nicht weiter ein. Im Gegenteil. Und dennoch hat unsereins nicht tagtäglich mit Vitriol zu tun. Falls also jemand aus dem näheren Umfeld des Grenadier-Hauptmanns bandagierte Finger hat, so ist es angeraten, ihm auf ebendiese zu klopfen.«

Siebzehntes Kapitel

GIDEON HORLITZ FÜHRTE SIE ÜBER DAS FELD zu den Baracken. Den Toten ließen sie vorerst zurück, bewacht von den Gendarmen. Er sah aus, als hätte man ihn der Natur an diesem erwachenden Wintermorgen wie eine verrenkte Puppe als Opfergabe dargebracht.

»Sagen Sie, Albrecht, was hat Sie überhaupt dazu bewogen, diesen Bund der Okkultisten zu gründen?«, fragte der Kommissar, als sie auf eine der Soldatenunterkünfte zuhielten und der Schnee unter ihren Füßen knirschte.

»Eigentlich ist es ja eher ein Bund der Anti-Okkultisten«, antwortete Krosick leichthin. »Wir sind nämlich 13. Eine unheilige Zahl, wie Sie wissen. Als ob sie vom Satan persönlich ausgedacht worden wäre.«

»Nun gut, jetzt sind Sie aber wieder zu zwölft. Eine heilige Zahl.«

»Höre ich aus Ihren Worten den befriedigten Sarkasmus des Gläubigen heraus?«

Horlitz bedachte ihn mit einem nicht einschätzbaren Seitenblick und meinte: »Glauben Sie an Gefühle, Albrecht?«

»Natürlich.«

»Das dachte ich mir. Sie selbst haben sie gewiss schon erlebt: Hass, Wut, Enttäuschung, Freude, Zorn, Furcht oder Neid – all die Emotionen, sowohl die guten als auch die schlechten, die über einen hereinbrechen wie eine Woge. Trotzdem ist es wissenschaftlich nicht erwiesen, was Gefühle überhaupt sind. Wir können einen philosophischen Standpunkt einnehmen, darüber diskutieren, Abhandlungen schreiben, promovieren und in letzter Konsequenz so zynisch werden wie dieser Professor Goltz, mit dem wir es im

Sommer zu tun hatten. Wahrscheinlich sind Gefühle lediglich chemische Reaktionen in unserem Gehirn. Aber wir erleben sie, und genau deshalb glauben wir an sie.«

»Worauf wollen Sie hinaus, Herr Kommissar?«

»Ist es nicht vermessen, andere Menschen bloßzustellen, nur weil sie etwas im gleichen Sinn erleben und deshalb daran glauben? Wenn jemand die Existenz von Geistern, Engeln und sonstigen mystischen Wesen annimmt, weil er sie zu erleben glaubt, ist dies dann falsch? Ich finde es selbstgefällig, allen Christenmenschen grundsätzlich den gesunden Menschenverstand abzusprechen. Das klingt fast so, als wären Sie ein Anhänger der Theorien eines Julian Apostata.«

»Das stimmt so nicht. Ich bin ein Anhänger von Albrecht Krosick, Herr Kommissar«, entgegnete Albrecht und lächelte verschmitzt. »Aber Ihre Worte sind klar und deutlich. So klar, dass ich Sie wohl nie als Mitglied in unserem Bund willkommen heißen werde.«

»Noch ist nicht aller Tage Abend«, erwiderte Horlitz. »Ich befürchte nämlich, dies könnte eine passende Möglichkeit sein, das Umfeld der beiden Toten unter die Lupe zu nehmen.«

»Wir waren an Silvester vor Ort«, schaltete sich Julius ein. »Dieser Joachim Arnd kam durch einen tragischen Unglücksfall ums Leben. Eindeutig. Daran gibt es nichts zu rütteln.«

»So? Meinen Sie?«

»Das Pferd ging durch. Es war bereits nervös durch den Knall einer Feuerwerksrakete, als das Zufallen der Haustür es endgültig aufscheuchte.«

»Da frage ich mich doch unwillkürlich, wer denn die Tür so wuchtig ins Schloss warf. Sie nicht auch?«

Inzwischen waren sie bei der Baracke angelangt, und die Männer sahen sich an, ohne dass einer der letzten Aussage noch etwas hinzufügte. Das Gebäude war lang gezogen und bestand nebst einem steinernen Fundament hauptsächlich aus Holzverschalungen. Mehrere Türen zeigten an, dass es keine Gemeinschaftsräume gab, sondern dass die Unterkünfte für die höheren Soldatenränge unterteilt waren. Sie standen vor der Nummer 16. Horlitz hob die Faust, pochte dreimal kräftig an die Tür und öffnete sie, ohne eine Aufforderung zum Eintreten abzuwarten. Die beiden Studenten folgten ihm. Das Innere war weniger spartanisch eingerichtet, als Bentheim erwartet hatte. Es gab zwei Betten, zwei Schreibtische, eine große Regalwand. In einer Ecke stand ein gusseiserner Ofen, den man eingeheizt hatte.

Caspari, der sich auf seine Bettstatt niedergelassen hatte, erschien ihnen bleich, aber inzwischen wieder relativ gefasst. Eine Schale mit Erbrochenem stand vor ihm auf dem Boden. Ihm gegenüber, ans Fenster gelehnt, befand sich ein großer, hagerer Mann, dessen Haare von einer Seite zur anderen über das lichte Haupt gekämmt waren: Staatsanwalt Theodor Görne.

Horlitz nickte ihm reserviert zu. Es war ein offenes Geheimnis, dass man in der Polizeipräfektur am Molkenmarkt nicht viel von Görne hielt. Mit dem Sekondeleutnant hingegen wechselte der Kommissar ein paar mitfühlende Worte, bis er zum etwas delikateren Kern der Sache vordrang: »Herr Caspari, würde es Ihnen etwas ausmachen, uns ein Paar Stiefel zu überlassen? Für die Spurensicherung.«

Der Soldat schüttelte den Kopf. »Bedienen Sie sich.«

Horlitz räusperte sich. »Ich müsste die haben, die Sie gerade tragen.«

Wortlos zog der Mann die Stiefel aus, an deren Sohlen noch getrockneter Matsch klebte, und warf sie dem Polizisten zu. Polternd landeten sie vor Bentheims Füßen.

Der Kommissar überging das unfreundliche Verhalten.

»Irgendeine Ahnung, wen der Hauptmann treffen wollte?«

Müde sah Caspari auf. »Ich habe doch schon alles dem Herrn Staatsanwalt mitgeteilt. Gehen Sie bitte, gehen Sie. Lassen Sie mich in Ruhe.«

Nun sah Horlitz den Staatsanwalt fragend an, der ihm einen Zettel reichte. Er las das Geschriebene – eine Art Gedächtnisprotokoll –, gab es unbeeindruckt an Bentheim und Krosick weiter und meinte: »Sie und Birkholz bewohnten also gemeinsam dieses Zimmer?«

»Ja.«

»Hatte sich sein Verhalten in den letzten Tagen oder Wochen merklich verändert? War er anders als sonst? Wirkte er bedrückt, stand er unter Anspannung?«

»Er war wie immer.«

»Hatte der Hauptmann Feinde?«

»Vermutlich ein paar Tausend«, lachte Caspari auf. »Alles Dänen. Genügend von ihnen abgemurkst haben wir ja. Im April war's, vor zwei Jahren. Bei der Erstürmung der Düppeler Schanzen hat Anton mit Sicherheit an die fünf bis sechs Dutzend von ihnen erschossen.«

»Und privat?«

Caspari zuckte mit den Schultern. »Was weiß ich?«

»Hatte er Schulden? Irgendwelche Frauengeschichten? Eine Geliebte, deren eifersüchtiger Ehemann hinter ihm her war?«

»Nicht, dass ich wüsste. Er war ein solider Mensch. Hat sich nie mit jemandem gestritten. Oder nur selten.«

»Wenn er mit jemandem aneinandergeraten war, wer war das? Irgendwelche Namen?«

»Es steht mir nicht zu, jemanden auf bloße Vermutungen hin anzuschwärzen, Herr Kommissar. Die Konsequenzen für die betreffenden Personen sind nicht abzuschätzen.«

»Es steht Ihnen sehr wohl zu, Herr Sekondeleutnant. Da draußen im Schnee liegt ein verätzter Kadaver. Einst war das Ihr Freund. Und ich will verdammt noch mal wissen, wer für die Schweinerei verantwortlich ist.«

Friedrich Caspari starrte die Wand an, ließ dann den Blick über seine Hände gleiten, deren Finger er abwechselnd abspreizte und zur Faust ballte. Mit leiser, eindringlicher Stimme wiederholte Horlitz sein Anliegen.

»Nikolaus Gruben war vor wenigen Tagen hier«, begann der Soldat. »Ich wusste nichts von seinem Kommen und bin ohne Vorwarnung in ein Streitgespräch der beiden geplatzt. Es war eine üble Szene. Herr Gruben wollte etwas von Anton, was dieser partout nicht herausrückte. Als ich die Tür öffnete, verstummten beide, aber es war offensichtlich, dass noch vieles unausgesprochen im Raum stand. Gruben verabschiedete sich sogleich.«

»Wer ist dieser Nikolaus Gruben?«, wollte der Kommissar wissen.

»Ein Geschäftsmann, der mit Seidenware handelt«, antwortete Albrecht. »Er war Gast in Buckow und auch im Stadtpalais derer von Falkenhayn.«

»Potzdonner, Krosick! Etwa bei einer Ihrer Séancen?«

»Bei beiden.«

»Wenn man in der Seidengewinnung oder in deren Verarbeitung tätig ist, braucht man da Vitriole?«, sprach Bentheim aus, was auch den anderen gerade durch den Kopf ging.

Und Gideon Horlitz meinte düster: »Die Dänen können wir von unserer Liste der Verdächtigen streichen. Stattdessen will ich mal Gruben und den restlichen Mitgliedern des Bunds der Okkultisten auf die Füße treten.«

Ihr Gespräch dauerte noch einige Minuten. Schließlich verabschiedeten sie sich von Görne und Caspari und ließen die Baracke hinter sich. Als sie um die Häuserecke bogen, meinte der Kommissar: »Wann findet das nächste Treffen Ihres Bunds statt?«

»Wir haben noch keinen Termin festgelegt.«

»Die meisten Mitglieder stellen sich sowieso in Fanny Lewalds Salon ein«, bemerkte Julius.

»Guter Hinweis, Bentheim. Ich werde dort vorbeischauen. Der nächste Salonabend findet bereits am Dienstag statt. Und nun entschuldigen Sie mich. Ich muss die Leiche in die Charité überführen lassen. Inzwischen gehen Sie bitte Ihrer Arbeit nach.«

Er nickte ihnen zu, und sobald sich ihre Wege getrennt hatten, machten sich die Freunde daran, den Zustand des Tatorts für die Nachwelt festzuhalten. Albrecht schoss einige Fotos, während Julius detailgenaue Skizzen der Leiche anfertigte. Es war eine Marotte von ihm, äußerlich sichtbare Verletzungen bei seinen Zeichnungen besonders hervorzuheben. Die engen Grenzen, die ihm die Arbeit als objektiver Tatortzeichner vorgab, versuchte er stets auszuloten, wenn nicht gar zu erweitern, indem er eine Spur Melodramatik und Grausamkeit in seine Werke einfließen ließ. Die Geschworenen, die bei einem Prozess mittels dieser Bilder über einen Verdächtigen richten würden, sollten wenigstens auf diese Weise etwas vom Schrecken und der Finsternis eines Tatorts zu spüren bekommen.

Als sie fertig waren, schleppten sie die Ausrüstung über das Feld zu dem Wendeplatz, auf dem noch immer ihre Kutsche wartete. Der Fahrer trat soeben an der Seite eines Polizisten aus einem Hauseingang und steuerte auf sein Gefährt zu. »Wollen die Herrschaften zurück in die Stadt?«, meinte er gut gelaunt. »Die Rechnung geht aufs Haus. Die preußische Gendarmerie war so frei, mich im Stundensatz zu entschädigen.«

Die Studenten nahmen das Angebot an, und als sie ihr Zuhause erreichten und übernächtigt über die Schwelle von Witwe Loschs Heim stolperten, war es bereits früher Nachmittag geworden. Sie stiegen die Treppe zu ihren Unterkünften hinauf, wünschten sich einen geruhsamen Schlaf und zogen sich in ihre Zimmer zurück, wo sie ermattet auf ihre Betten fielen.

Achtzehntes Kapitel

Julius Bentheim schlief den ganzen Sonntagnachmittag. Am Abend erwachte er für kurze Zeit, aber er fühlte sich so zerschlagen, dass er sich umdrehte und erneut ins Land der Träume wechselte. Den Wochenbeginn begrüßte er an Albrechts Seite mit einem ausgiebigen Frühstück, das sie im Café Josty einnahmen, jener berühmten Konditorei, wo sich schon Heinrich Heine, Eichendorff und die Brüder Grimm verköstigt hatten.

Die Wirtin, eine dralle Mittdreißigerin, tischte Schlesischen Streuselkuchen auf, gab sich aufgeräumt und kokettierte um die Gunst der Gäste. Albrecht hatte einen Narren an ihr gefressen.

»Guten Morgen, Gnädigste«, säuselte er, »schlafen Sie heute Nacht auf Ihrem Bauch?«

Leicht indigniert entgegnete sie: »Wie meinen?«

Mit leicht gehobener Augenbraue sagte Krosick: »Ich dachte bloß … Falls nicht, könnte ja ich dort schlafen.«

»Sieh an, ein Witzbold. Aber Sie sehen ganz passabel aus. Ich überlege es mir.«

So sprach sie und entwich.

»Au Backe, Julius«, wandte sich Albrecht an seinen Freund. »Ein tolles Weib! Die wird mein Untergang.«

Mehrmals bestellte er Nachschlag, stets bei der gleichen so unnahbaren und doch betörenden Bedienung, und unterhielt dabei die anderen Besucher mit Frau-Wirtinnen-Sprüchen, worüber Julius seine Sorgen um Filine für einmal völlig vergaß. Der Fotograf stand auf, schlug mit dem Löffel an sein Glas und deklamierte inbrünstig:

»Frau Wirtin hatte einem Gast
durch Zufall an das Glied gefasst.
Dieser Herr, ein Sauerländer,
war sehr empfindsam:
Seitdem plagt ihn ein Dauerständer.«

Selten hatte Julius so gelacht wie an diesem Montag. Er fühlte es nur unbewusst, aber in sein Inneres war der Keim gepflanzt, dass er sich langsam in die bittere Tatsache ergab, Filine verloren zu haben. Das Bedürfnis nach Gesellschaft, dem er sich lange entzogen hatte, stellte keinen Dorn in seinem Fleisch mehr dar. Vorbei die Zeit, in der ihn immer wieder der Wunsch überkam, seinen traurigen Gedanken nachzuhängen.

»Ein Hoch auf Albrecht!«, hörte sich Julius plötzlich sagen, und zwei Dutzend Gäste hoben die Gläser, um auf seinen Freund anzustoßen. In zufriedener, ausgeglichener Stimmung verbrachte er den Tag an Albrechts Seite, welcher der Wirtin vor dem Gehen seine Visitenkarte zusteckte. Als die Freunde spätabends heimkehrten, begrüßte sie ein unerwarteter Gast: Eine junge Frau saß mit Amalia Losch am Küchentisch.

»Herr Bentheim!«, rief die Witwe von der Küche in den Flur hinaus. »Sie haben Damenbesuch.«

Krosick, die Tür hinter sich zuziehend, lächelte Julius verschmitzt an und flüsterte: »Damenbesuch? Wie sagt der Berliner? Lieber 'ne Jrete am Hals als 'ne Jrete im Hals.«

»Sei still, du Dummkopf. – Ja, Frau Losch, wer ist es denn?«

Die Besucherin, deren Umriss im Türrahmen sichtbar wurde, verriet durch ihre Erscheinung dieselbe Entschlossenheit, denselben Ausdruck an Charakter, den sie bisher bei jedem ihrer Treffen offenbart hatte.

Sie war außergewöhnlich hübsch und ihre Schönheit hob sie vom Gros vieler Damen ab.

»Ich bin es, Julius«, sagte sie, und Bentheim reichte ihr die Hand zum Gruß.

»Guten Abend, Fräulein Bredow.«

Hinter Adele erschien die Gestalt der Witwe und tätschelte ihr den Arm. »Hier, mein Kind«, sagte Amalia Losch, als sie der jungen Frau eine Schachtel reichte, die in jenes venezianische Marmorpapier gehüllt war, das man sonst für die Auskleidung von Kanzleibehältnissen brauchte. »Sie vergessen mir noch Ihr Geschenk.«

»Danke, Frau Losch«, antwortete sie, ohne sich umzudrehen. »Julius, führst du mich nach oben?«

»Ja, Julius, führe sie nach oben«, feuerte ihn Albrecht an, der die Szene ungläubig beobachtet hatte. »Aber pass auf, was ein waschechter Berliner dir rät: Wer die Puppen tut betuppen mit die Klauen, wird verhauen!«

Adele schmunzelte nachsichtig, als sie dem Studenten in das Zimmer folgte, in dem sie noch vor wenigen Tagen für Albrechts Gespenstererscheinung Modell gestanden hatte. Julius Bentheim hielt ihr die Tür auf und hieß sie eintreten. Sie blieb stehen, bis er drei Kerzen angezündet hatte, die ausreichend Helligkeit verbreiteten, und setzte sich dann unaufgefordert auf seine Bettstatt.

Versonnen betrachtete sie den jungen Mann, in dessen Hinterkopf die Frage nagte, wie dieser Abend wohl verlaufen würde. Keineswegs war er betrunken, doch pulsierte eindeutig mehr Alkohol in seinen Adern als üblich. Ungefähr auf jedes dritte Bier, das Albrecht an diesem Tag bestellt hatte, ging eines auch auf Julius. Und sein Freund hatte nicht eben wenige Gläser bestellt …

Was wäre, wenn Julius die Zuneigung, die er für Adele empfand, gegen die Leidenschaft eintauschte, die ihr Körper versprach? Ihr Körper, den sie ihm bereits einmal als Aktmodell offenbart hatte: selbstbewusst und ohne Scheu, nicht wie Filine, die sich ihm nur zögernd hingegeben hatte, in einer schäbigen Dachgeschosswohnung mit verschlissenen Gardinen und hässlichen Paneelen an den Wänden.

»Möchtest du dein Geschenk nicht öffnen?«

Adeles Frage riss ihn aus den Überlegungen. Er hatte sich noch einmal die Liebesnacht mit Filine in Erinnerung gerufen, und es mutete überaus seltsam an, dass er damals, als er den Busen seiner Freundin küsste, für den Bruchteil eines Moments an Adeles wogende Brüste gedacht hatte.

»Natürlich«, meinte er. »Gern.«

Der Zeichner nahm das Paket entgegen und zog behutsam an der Schnur, die das Marmorpapier umspannte. Sie löste sich, sodass sich das Papier wie die Blüte einer Blume öffnete, um den Blick auf ihren Inhalt freizugeben: eine Schachtel mit transparentem Deckel aus Seidenpapier. Ein roter Schriftzug schimmerte hindurch: ›Kerker und Kirche‹.

Er nahm das Buch heraus – besser gesagt: alle Bücher, denn es waren insgesamt drei Bände – und schaute auf das Titelblatt des ersten. »Ein Roman, frei nach H. v. Stendahls ›Chartreuse de Parme‹. Dresden u. Leipzig, Arnoldische Buchhandlung, 1845«, las er vor.

»Der Name des Autors ist falsch geschrieben«, sagte Adele.

»Ja, ich habe es bemerkt.«

»Hast du es bereits gelesen? Einer der schönsten Romane der Welt.«

Er nickte.

Unfähig, ein Wort zu entgegnen, streichelte er den ledernen Überzug mit dem Prägedruck. Erst jetzt fiel ihm das Lesezeichen auf, das im zweiten Band steckte. Unter Adele Bredows musterndem Blick zog er es hervor. Das Zeichen selbst war nichts Besonderes, der übliche Schnickschnack, den man in einem Krämerladen erhielt: ein längliches bibliophiles Vergissmeinnicht. Aber an seinem Ende war eine aufklappbare Brosche befestigt. Julius' Herz schlug schneller. Das Schmuckstück war oval – oval wie jenes kleine Blatt, auf welches er Adeles Porträt gemalt hatte. Langsam, fast zögernd, klappte er den Deckel auf.

Während er sein Geschenk betrachtete, zeigte das Rascheln von Adeles Kleidern an, dass sie sich erhob.

»Ich hoffe, dich wiederzusehen«, meinte sie nonchalant und reichte ihm die Hand, die Handfläche nach unten zeigend.

Irritiert hauchte er einen Kuss auf ihren Handrücken, und noch ehe er sich wieder gefangen hatte, war sie verschwunden. Die Einfassung der Zeichnung war gelungen, wie er zugeben musste, auch war das Metall der Brosche passend gewählt. Auf der Innenseite stand ein eingravierter Leitspruch: ›Carpe diem!‹ Er rief sich den Abend in Adeles Wohnung ins Gedächtnis, das schummrige Licht, die Kerzen, die vielen Bücher – eine behagliche Atmosphäre, in der er die junge Frau im Viertelprofil gemalt hatte. Es sollte angeblich für einen Uhrendeckel sein, und nun diente es als Einlage für eine Klappbrosche – eine lässliche Lüge, wie Bentheim fand, zumal Adele davon gesprochen hatte, das Porträt als Geschenk für jemanden zu verwenden, den sie sehr mochte.

»Carpe diem«, murmelte er. »Pflücke den Tag.«

Ein sinnenfreudiger Wahlspruch, und Julius ahnte, dass das erwähnte Pflücken sich bei Adele nicht nur auf den Tag beschränkte. Der Tatortzeichner bedauerte, dass die Miniatur so züchtig ausgefallen war. Aber dies war sein Fehler, er selbst war schuld, denn es war seine eigene Entscheidung gewesen, Adeles Ausschnitt zu verkleinern. Nur allzu gerne hätte er sich jetzt an dem tieferen, Erotik verheißenden Einblick ergötzt, den ihr Kleid an diesem Abend gewährt hatte.

Neunzehntes Kapitel

DER DIENSTAG WURDE von Sonnenschein begleitet, der zaghaft durch die Wolken blinzelte und für einmal nichts von dem kalten Winter erahnen ließ, der die letzten Wochen die Berliner in dicke Jacken und Mäntel gezwungen hatte, sobald sie außer Haus gehen wollten. An diesem Morgen hatte Amalia Losch bereits den Briefkasten geleert und für Julius und Albrecht die übliche Einladungskarte auf dem Frühstückstisch platziert.

»Von Frau Lewald«, erklärte sie, als sie Tee einschenkte und einen Blick auf den Absender warf.

»Wie geht es Ihrem Schnupfen?«, erkundigte sich Julius.

»Ist vorüber.«

Albrecht beglückwünschte die Vermieterin und benutzte sein mit Konfitüre beschmiertes Messer, um das Kuvert zu öffnen.

»Zeig her«, meinte Bentheim.

»Alles wie gehabt: ein literarischer Salon, geladene Gäste, Geplauder und Gedankenaustausch.«

»Und Gideon Horlitz«, fügte der Tatortzeichner an. »Wenn das mal nicht die Stimmung vermiesen wird.«

Die alte Dame bedachte ihn mit gestrengem Blick: »Ein Polizist vermiest nur bösen Buben die Stimmung. Merken Sie sich das, Julius. Und Sie haben doch gewiss ein sauberes Gewissen, oder etwa nicht?«

»Da fragen Sie mal besser bei Fräulein Bredow nach«, foppte Albrecht seinen Freund und biss herzhaft in sein Butterhörnchen.

Stunden später standen Albrecht und Julius in einer Ecke des Wohnzimmers der Eheleute Fanny und August Stahr-Lewald, ein Glas Sekt in den Händen und angeregt ins Gespräch vertieft. Ihre Diskussionspartner waren Theodor Fontane, der unvermeidliche John Retcliffe sowie die Gastgeberin persönlich. Gideon Horlitz, der Kommissar, gesellte sich just in dem Moment zu der Gruppe, als Fanny Lewald erregt auffuhr.

»Habe ich richtig gehört?«, sagte sie. »Sie suchen allen Ernstes nach einem neuen Dreizehnten?«

Albrecht – denn er war es, den sie angesprochen hatte – reagierte gelassen: »Oder auch nach einer Dreizehnten. Es muss nicht gezwungenermaßen ein Herr sein, Frau Lewald. Auch eine Dame erfüllt den Zweck. Wie wäre es? Hätten Sie Interesse, unserem Bund beizutreten?«

»Sind Sie von allen guten Geistern verlassen?«

»Haben Sie Angst?«, wollte Julius wissen. »Sie, die emanzipierte Frau, die sich gegen den eigenen Vater und gegen die Konventionen der alten Zeit durchgesetzt hat?«

»Führen Sie nicht persönliche Angelegenheiten ins Feld, wenn es um Fragen des guten Geschmacks geht. Ihre Vereinigung macht mir den Anschein eines Selbstmördervereins. Man muss schon lebensüberdrüssig sein, um freiwillig bei Ihnen mitzumachen nach all dem, was bereits vorgefallen ist.«

»Ich höre da ein wenig Mutlosigkeit, wenn nicht gar Aberglauben zwischen den Worten heraus. Haben Sie etwa neulich Friedrich Creuzer gelesen oder abends vor dem Schlafengehen Gotthilf Heinrich Schubert für sich entdeckt?«, spöttelte Albrecht, der seinem Freund zu Hilfe kam. »Ich spüre es nämlich auch, just in diesem Augenblick: diese aktive Präsenz der Geisterwelt in der Sphäre des Alltäglichen. Ein undurchschaubares, aber stets wirkkräftiges Amalgam aus Bewusstem und Unbewusstem, aus Vergangenem und Gegenwärtigem.«

Die Schriftstellerin übersah seine Sottisen und meinte: »Auch wenn Sie noch so bösartig atheistisch sind, ist es aussichtslos, dass die Wissenschaft das Absolute widerlegt.«

Horlitz warf ein: »Wenn Sie einem neu Hinzugekommenen erlauben, die Stimme zu erheben, so hätte ich einiges anzumerken: Jeglicher naturwissenschaftlich fundierte Versuch eines Beweises für die Existenz des Absoluten ist bisher fehlgeschlagen. Gott lässt sich weder mit Maßen, Gewichten und Zahlen noch mit biochemischen Formeln fassen.«

»Ist das nicht just ein Grund, der für die Existenz Gottes spricht?«, bemängelte Theodor Fontane. »Gott ist eine geistige Realität. Man kann seiner nicht mit Mitteln der exakten Wissenschaft habhaft werden. Wo keine empirisch zugänglichen Phänomene von Materie und Energie vorhanden sind, kann keine Untersuchung entstehen. Es ist schlicht verfehlt, eine unpassende Methode auf den Gegenstand der Forschung anzuwenden. Genauso falsch wäre es, den Zuckergehalt von Mohrrüben mittels kantischer Erkenntnistheorie ermitteln zu wollen oder anhand von Bruchrechnung die Schönheit eines Goethe-Gedichts zu beweisen.«

Julius Bentheim meinte: »Schön und gut, meine Herren, aber gewähren Sie Frau Lewald doch bitte die Möglichkeit, ihren Gedankengang zu Ende zu bringen.«

»Ich danke, Julius.«

Bentheim deutete eine Verbeugung an, und die Schriftstellerin mit der hohen Stirn und der gelockten Haarpracht führte aus: »Wir alle sollten es uns zum absoluten Kriterium machen, dass der Bereich des Möglichen weitaus größer und umfangreicher ist als derjenige unseres Denkvermögens. Wie oft schon musste die Spezies Mensch erkennen, dass es noch anderes gibt oder plötzlich zuvor Unbekanntes entdeckt wird? Träfen wir heute auf einen einfachen Bauern oder gar einen belesenen Gelehrten aus dem 11. Jahrhundert, so würden diese uns der Häresie bezichtigen, wenn wir versuchten, ihnen das heliozentrische Weltbild zu erklären oder die Atomtheorie eines John Dalton. Wenn wir also bedenken, wie wenig wir von der Welt wissen, dürfte es in logischer Konsequenz nur die Folgerung geben, dass wir noch immer ahnungslos sind. Die Wissenschaft wird nie imstande sein, den Einen, den unbewegten Beweger, überzeugend zu negieren.«

Nun machte John Retcliffe sich bemerkbar. Er, der bisher interessiert dem Disput gefolgt war, stieß ein sarkastisches Lachen aus. Bentheim erinnerte sich an die Diskussion vor ein paar Monaten, an welcher der Schriftsteller teilgenommen und in welcher er den lieben Herrgott einen eitlen Gecken genannt hatte, und erwartete voller Anspannung seine Stellungnahme.

»Der unbewegte Beweger?«, höhnte Sir Retcliffe. »Das ist das Gefasel der Gläubigen aus aller Herren Länder, die unreflektiert nachplappern, was ein alter Grieche schon falsch in die Welt gesetzt hat.«

»Sie sind kein Freund von Aristoteles?«, meinte Albrecht erheitert.

»In theologischen Dingen: nein!«, erwiderte der Dichter kategorisch. »Sie etwa? Wie gesagt, ein fataler Denkfehler geht der Theorie des Kausalitätsprinzips voraus, nach der alles eine Ursache haben soll. Ich frage Sie: warum? Warum soll alles eine Ursache haben? Lehne ich dieses Prinzip ab, scheitert bereits der ganze Logikkomplex meines Gottesbeweises. Nehme ich es hingegen an, darf ich die Ursachenkette niemals durchbrechen und es gäbe zu keiner Zeit einen unbewegten Beweger. Denn wenn alles eine Ursache hat, müsste auch Gott eine Ursache haben, und dann wiederum wäre er nicht allmächtig. Wieso darf ich die Annahme, dass Gott einfach so ohne Grund existieren könnte, nicht einfach auf das Universum an sich anwenden?«

Horlitz nickte, während Fanny Lewald ablehnend den Kopf schüttelte, ohne jedoch einen Einwand zu wagen. Und Albrecht, nie um einen Spruch verlegen, selbst wenn er noch so abgedroschen war, meinte: »Ich für meine Person glaube nicht an Gott; aber wenn es ihn gäbe, hätte er gewiss seine berechtigte Freude an mir: Nicht wenige Frauen habe ich dazu gebracht, in Ekstase seinen Namen auszurufen.«

Fontane hüstelte verlegen.

Der Kommissar, darum bemüht, dem seichten Niveau der Altherrenwitze auszuweichen, schlug vor: »Da Frau Lewald Ihr Angebot kaum annehmen wird, möchte ich mich Ihrer Runde als Dreizehnter aufdrängen, meine Herren. Ich hoffe, es spricht nichts dagegen.«

»Vortrefflich, vortrefflich«, entfuhr es Sir Retcliffe. »Ein furchtloser Mann, ein echter Preuße. Willkommen im Bund.« Anerkennend hob er sein Glas und prostete dem Kommissar zu. »Gerade Sie als Polizist arbeiten ja teils auch an Sonntagen, nehme ich an, oder?«

Horlitz nickte verwirrt.

»Sehr gut, wirklich gut. Laut Kapitel 35, Vers 2 des Buches Exodus nämlich müssten wir Sie jetzt umbringen. Ihre Furchtlosigkeit vor Gottes Wort und all den dazugehörigen Riten und Regeln prädestiniert Sie für einen Sitz in unserer Vereinigung.«

Retcliffe lächelte maliziös, und die Diskussion schlug eine andere Richtung ein, als Fontane Österreichs schwere Finanzkrise als Thema anschnitt, die Preußens südlichen Nachbarn in Not zu bringen schien. Man erörterte die Rivalität der beiden Länder, ihre Auseinandersetzung um die Führungsrolle im Deutschen Bund und Bismarcks offensichtliches Bestreben, einen Krieg vom Zaun zu brechen.

Da ihm der Moment günstig erschien, sprach Bentheim den Kommissar auf den Stand der Ermittlungen an. Dessen Züge verhärteten sich, als er mit gesenkter Stimme berichtete: »Ich habe Herrn Gruben einen Besuch abgestattet. Hieb- und stichfestes Alibi. Sofort nachgeprüft. Da ist nichts zu machen. Zum Zeitpunkt der Ermordung des Grenadier-Hauptmanns befand sich Nikolaus Gruben mit Arbeitskollegen auf einer zweitägigen Geschäftsreise. Sie haben sich in Cottbus Maulbeerbäume angeschaut.«

»Wie bitte?«

»Die werden dort angepflanzt, da sie der Zucht des Seidenwicklers dienen. Die Reisegruppe hatte ein dicht gedrängtes Programm: Führungen zu Dampfmaschinen, Jacquard-Webstühlen, Tuchmacherfabriken und Walkmühlen. Es gibt ein Dutzend Zeugen.«

»Sie suchen aber immer noch nach einer Person, die vermutlich verätzte Haut an den Händen hat?«

Horlitz nickte, und Julius sagte sarkastisch: »Vielleicht wäre es angebracht, bei der nächsten spiritistischen Sitzung einfach einen Handleser kommen zu lassen.«

»Ich denke, das wird nicht nötig sein«, bemerkte Albrecht, dessen Blick starr auf die zum Flur führende Tür gerichtet war. Die massige Gestalt Valentin von Falkenhayns stand dort, einen goldenen Zwicker im Auge, einen Gehstock mit silbernem Knauf in der Hand. Soeben begrüßte der Baron August Stahr-Lewald mit salbungsvollen Worten und reichte ihm seinen Hut.

Die Bandagen an seinen Händen waren nicht zu übersehen.

Zwanzigstes Kapitel

WIE EIN GEIER UMKREISTE GIDEON HORLITZ den Neuankömmling, nahm ihn in die Zange, ließ da ein Wort fallen, um die Reaktion des Barons zu testen, und gab dort ein Bonmot zum Besten. Fasziniert beobachtete Bentheim die unauffällige und dennoch aufdringliche Art, mit welcher der Kommissar zu Werke ging.

Der Polizeibeamte machte eine Bemerkung über die Vorzüge des Erbadels, wobei er beiläufig erfuhr, dass der Baron von seinem seligen Herrn Vater einige Fabriken als Legat mit auf den Weg bekommen hatte: eine Kattundruckerei, zwei Seifensiedereien, ein paar Glashütten.

»Alles Unternehmen, in denen mit Säure hantiert wird«, bemerkte Horlitz süffisant. »Haben Sie sich da Ihre Hände verätzt, Baron?«

Zum ersten Mal musterte Falkenhayn ihn eingehend, verneinte jedoch. Der Kommissar insistierte nicht weiter und ließ das Gespräch seinen Lauf nehmen. Langsam zog er sich von der Gruppe zurück, führte Bentheim und Albrecht in eine Ecke und schlug vor, draußen rauchen zu gehen. Zufrieden willigten die Studenten ein.

Im Dunkel der Nacht standen sie auf dem Gehsteig vor dem Haus der Eheleute Stahr-Lewald und pafften. Weinrot, wie Teufelsaugen, leuchteten die Zigarren, als sie an ihnen sogen. Eine Kalesche rumpelte vorüber, machte vor der Matthäikirche kehrt und kam langsam zurück. Als sie wieder auf gleicher Höhe war, deutete Horlitz mit einem Kopfnicken auf das Emblem am Wagenschlag: das Siegel der Berliner Gendarmerie. Gespannt verfolgte Bentheim den Streckenverlauf, den die Karosse einschlug. Sie fuhr von einem Ende der Matthäikirchstraße zum anderen, wie ein Pendel, das hin und her schwang.

Wortlos verharrten die drei Männer, als die Zigarren längst fertig geraucht waren. Es war müßig, jetzt noch ein Wort darüber zu verlieren, was da kommen sollte. Als die ersten Gäste gingen, traten sie beiseite, und als die vom Wohnungsinnern her beleuchtete Silhouette des Barons wie ein Schattenriss am Boden tanzte, hob Horlitz zum Zeichen die Hand und tippte an seinen Hut.

»Einen angenehmen Abend wünsche ich, Durchlaucht.«

»Ebenso«, brummte Falkenhayn.

Er kam nur wenige Schritte weit, bis die im Schritttempo fahrende Kalesche ihn erreichte und vier Gendarmen aus dem Verschlag sprangen, um den Baron einzukreisen. Alles ging rasch vonstatten und derart effizient, dass Albrecht einen anerkennenden Pfiff von sich gab. Ehe man sichs versah, war die Straße wieder menschenleer. Einzig das Knallen der Peitsche hallte laut von den Wänden der Bürgerhäuser wider, als die Pferde mit ihrem Gefährt um die Ecke bogen.

»Und nun?«, wollte Julius wissen. »Ist er unser Mörder?«

»Das wird sich in der Untersuchungshaft herausstellen, meine Herren. Sind Sie schon müde? Oder spricht etwas gegen einen Besuch am Molkenmarkt? Wir müssen die Personalien des vermeintlichen Täters aufnehmen. Außerdem brauche ich einen oder eventuell gar zwei Fotografen für die Polizeibilder. Stellen wir dem Baron heute Nacht doch noch ein paar Fragen, bevor ich ihn morgen früh dem Haftrichter vorführen muss.«

Krosick und Bentheim grinsten sich an.

Der Molkenmarkt war ein virales Zentrum der Stadt. Wie Nervenfäden liefen wichtige Straßen dort zusammen, und die Gebäude vor Ort – Synapsen nicht unähnlich – bildeten die Kontaktstellen zwischen den befehlenden und ausführenden Organen der Justiz. Im ehemaligen Palais des Oberfeldmarschalls von Grumbkow waren das Polizeipräsidium und die Stadtvogtei gemeinsam untergebracht, während gleich daneben – im früheren Palais des Grafen von Schwerin – das Kriminalgericht tagte.

Nicht selten, wenn Julius diesen Gebäudekomplex betrat, überkam ihn ein Gefühl der Angst. Ihm war nämlich, als hallten die Schreie der gefolterten und malträtierten Polizeiopfer noch immer durch die Hallen und Gänge. So aufgeklärt sich die preußische Verwaltung auch geben mochte, so eklatant hinkte sie bei der Durchsetzung ihrer Rechtsreformen hinterher. Willkürlich wurde Polizeigewalt ausgeübt, indem man Festgenommene schlug oder gar bis zur Besinnungslosigkeit prügelte. Wenn man den Aussagen des Kommissars Glauben schenken konnte, war es vor Jahren noch viel schlimmer gewesen.

»Als junger Polizeiaspirant war ich dabei, wie man einen Vergewaltiger zum Reden bringen wollte«, erklärte Horlitz nüchtern, als sie den Weg zum Verhörzimmer einschlugen. »Er war auf eine Trage gegurtet, den Oberkörper und die Hüfte hatte man mit Bändern festgezurrt. Eiserne Klammern zogen seine Zähne auseinander und verhinderten ein Schließen des Gebisses. Der Mann hatte zwei Mädchen entführt und hielt sie irgendwo versteckt – wir wussten nicht, wo. Vier Leute hielten ihn an Händen und Beinen fest, während ich dazu abkommandiert worden war, einen Trichter in seinen Mund zu stecken. Ein Gendarm trat hinzu und flößte dem Delinquenten einen Krug Wasser ein. Ab und an wurde ihm auch die Nase zugehalten, um ein Ertrinken zu simulieren. Schluck für Schluck füllte sich sein Bauch, schwoll an, wuchs sich zur Trommel aus. Krug um Krug wurde geleert.«

»Wie schrecklich«, meinte Bentheim.

»Es war so üblich«, sagte Horlitz achselzuckend. Inzwischen hatten sie das Verhörzimmer erreicht, und der Kommissar, bereits die Klinke in der Hand haltend, fuhr fort: »Gewöhnlich hob man das Fußende der Trage an, damit das zurückschwappende Wasser aufs Zwerchfell drückte. Das Opfer schrie erbärmlich. Es müssen unvorstellbare Schmerzen gewesen sein, als ob einem der Leib unterhalb der Luftröhre abgeschnürt würde. Bei diesem einen Mann aber, dem ich den Trichter hielt, haben es die Gendarmen übertrieben.«

Erwartungsvoll sahen die Studenten ihren Mentor an, der nach einer kurzen Pause erklärte: »Unablässig schlugen sie ihm auf den Bauch. Er war bereits dabei, den Ort zu verraten, an dem er die Mädchen versteckt hielt, als auf einmal die Bauchdecke riss. Ein Schwall an Gedärm und Gekröse ergoss sich über unsere Schuhe. Es war das letzte Mal, dass die Wassertortur angewendet wurde. Vielleicht ist das auch besser so.«

Er straffte seinen Oberkörper, atmete tief durch und drückte die Klinke. In dem karg eingerichteten Raum, den sie betraten, saß der Baron – flankiert von zwei

Gendarmen – auf einem Stuhl vor einem nackten Tisch. In einer Ecke hatte jemand die Utensilien für den Polizeifotografen aufgestapelt: Kamera, Stativ, Kollodiumplatten. Tatsächlich gab der Adlige den lebenden Beweis dafür ab, wie unzimperlich die preußische Polizei mit ihren Gefangenen umging. Sein Abendanzug war verknittert, die Hose vom winterlichen Straßenschmutz gesprenkelt. Ein blaues Veilchen zierte sein Auge. Was Julius bewundernd anerkannte, war die Grandezza, mit welcher Valentin von Falkenhayn seine Lage meisterte. Ruhig, beinah gelassen, wirkte er und hob lächelnd den Kopf, als er die drei Neuankömmlinge musterte.

»Ah, meine Freunde«, sagte er mit öliger, ironischer Stimme. »Sie eilen mir gewiss zu Hilfe, mir, einem Mitglied des Bunds der Okkultisten. Einem Bekannten in Not darf man die Unterstützung nicht verwehren, nicht wahr? So ähnlich müsste es eigentlich in der Vereinssatzung stehen, wenn wir eine hätten. Kann ich trotzdem auf Ihren Beistand hoffen?«

»Jedem, der unschuldig in Not geraten ist, stehen wir zur Seite«, erklärte Gideon Horlitz diplomatisch, als er sich dem Mann gegenüber auf einen Stuhl setzte. »Es liegt ganz an Ihnen, uns über ein paar Dinge aufzuklären, die im Dunkeln liegen, Herr Baron. Je eher wir Licht in die Sache bringen, desto schneller sind Sie wieder in Ihrem trauten Heim.«

Falkenhayn zog eine Uhr aus der Westentasche und meinte beiläufig: »Mitten in der Nacht sind Sie im Dienst, Herr Kommissar? Wäre es nicht angebracht, mir einen Verteidiger anzubieten oder mich zumindest über meine Rechte aufzuklären?«

Horlitz lächelte maliziös. »Haben Sie denn etwas zu verbergen?«

»Ich bin mit meinem Gewissen im Reinen.«

»Aber halten Sie sich auch an dessen Urteil?«

Der Baron reckte sich auf seinem Stuhl. Seine Wirbel knackten.

»Sie wollen nicht antworten?«, insistierte der Kommissar.

»Wieso sollte ich? Stellen Sie mir eine konkrete Frage, und sie erhalten eine konkrete Antwort. Für Sophistereien bin ich nicht zu haben.«

Horlitz deutete auf seine Begleiter. »Die Herren Bentheim und Krosick kennen Sie bereits. Die beiden werden Ihre Polizeifotos herstellen. Irgendwelche Einwände?«

»Würden meine Einwände denn irgendwelche Folgen nach sich ziehen?«

»Die Frage war fürs Protokoll.«

Mit einer ausholenden Geste meinte der Baron: »Ich sehe niemanden, der protokolliert.«

»Sehr scharfsinnig beobachtet.«

Falkenhayn beugte sich vor. Mit bedrohlich schnarrender Stimme sagte er: »Zur Sache, Horlitz. Ich gestatte Ihnen drei Fragen, die ich vielleicht geneigt bin, zu beantworten. Danach lassen Sie mich gehen oder ich sehe mich gezwungen, meinen Einfluss beim Hof und beim Militärrat geltend zu machen.«

»Sie drohen mir?«

Angeregt verfolgte Julius das Gespräch der Konkurrenten.

»Ich mache Ihnen die Folgen Ihres Handelns bewusst, Horlitz. Ich bin Hoflieferant, einige meiner Fabriken haben Mitglieder des Königshauses als Kunden, Generalmajor von Moltke geht bei mir ein und aus. Sie alle wären leicht vergrätzt, wenn die Gendarmerie ihren guten Freund wegen unhaltbarer Anschuldigungen belästigte.«

»Sie haben die Anschuldigungen noch gar nicht gehört«, bemerkte Horlitz trocken. Bentheim bewunderte den Mut des Mannes, der gewillt war, es mit dem Groll einflussreicher Persönlichkeiten aufzunehmen, mit gallsüchtigen Männern, die nie verziehen.

Der Baron lächelte spöttisch. »Was es auch sei, ich habe nichts damit zu tun. Außerdem setzt man einen Mann wie mich nicht ungestraft den Demütigungen dieses Verhörs aus. Und übrigens: Falls diese Scharade noch länger andauert, möchte ich mich an die Herren Bentheim und Krosick wenden, die bei mir einen weitaus vernünftigeren Eindruck hinterlassen haben als Sie. Es würde einem Ehrenmann geziemen, meine Tochter über meinen Verbleib zu unterrichten. Wenn Sie bitte die Güte hätten ... Es soll Ihr Schaden nicht sein.«

Julius Bentheim nickte, ohne ein Wort zu sagen, während Horlitz unbeirrt fortfuhr: »Wollen Sie uns bestechen? Ich denke gerade an Balzacs Worte, wonach hinter jedem großen Vermögen ein großes Verbrechen steckt. Welches mag wohl Ihres sein?«

»Zur Sache, Kommissar, kommen Sie endlich zur Sache.«

»Nun gut, wo waren Sie am Wochenende?«

»Zu Hause.«

»Auch abends?«

»Es kann sein, dass ich kurz auswärts essen ging. So genau erinnere ich mich nicht.«

»Kennen Sie die Hochfläche des Teltow, im Süden der Stadt?«

»Wer kennt sie nicht? Die Rennbahn liegt dort.«

»Waren Sie neulich da?«

»Im Winter werden keine Pferderennen durchgeführt.«

»Sie haben meine Frage nicht beantwortet, Herr Baron.«

»Nein, ich war nicht da.«

»Sie wissen, dass ich im Mordfall Anton Birkholz ermittle?«

»Ich kann es mir denken. Leider Gottes ist das Ableben des Grenadier-Hauptmanns sehr betrüblich. Nicht nur für seine Familie oder das Regiment von Braunschweig, sondern auch für mich. Aber ich versichere Ihnen, nichts mit seiner Ermordung zu tun zu haben.«

Gideon Horlitz seufzte, und Julius Bentheim und Albrecht Krosick sahen den Kommissar schon unter den Trümmern seiner Luftschlösser begraben. Der Adlige war zu glatt, als dass man ihn hätte festnageln können. Nicht einmal ein Motiv konnten sie vorweisen.

»Wieso sind Ihre Hände bandagiert?«

»Ich habe mich verletzt.«

»Wobei?«, frage Horlitz.

Valentin von Falkenhayn schwieg.

»Sie wollen nicht antworten?«

»Ich sehe nicht ein, warum der Zustand meiner körperlichen Versehrtheit oder Unversehrtheit Thema Ihrer Befragung sein sollte. Und ich sage Ihnen eins, Horlitz: Sie jagen Gespenstern nach. Sie sehen bandagierte Finger, zählen zwei und zwei zusammen, kommen dabei aber auf fünf. Als Sie das Licht der Welt erblickten, hielten Sie es wohl für die dubiose Beleuchtung einer Zuhälterkneipe. Überall sehen Sie Verbrecher. Aber nicht mit mir, mein Freundchen, nicht mit mir!«

»Ihr letztes Wort?«

»Mein letztes Wort.«

Der Kommissar verwarf die Arme. Das Gespräch weiterzuführen, war sinnlos. Er gab den Studenten einen Wink, dass sie mit dem Fotografieren beginnen sollten, und verließ den Raum. Wortlos machten sie sich ans Werk und platzierten die Kamera vor dem Tisch.

Bentheim, dem es war, als müsste er die herrschende Stille durchbrechen, meinte tröstend: »Keine Sorge, Durchlaucht, wir sind keine Unmenschen. Der jungen Baronesse wird es an nichts mangeln. Gleich heute noch suchen wir sie auf.«

Einundzwanzigstes Kapitel

Pastor Sternberg war ein gottesfürchtiger Mann, und so hatte ihn die Nachricht aus Lindow stark getroffen. Er sah es als Strafe des Herrn, dass er vor wenigen Tagen mitten in der Nacht aufbrechen und durchs Schneegestöber dorthin hatte jagen müssen. Viel Gehaltvolles war es zwar nicht, was Mutter Caritas ihm geschrieben hatte, aber es reichte aus, um zwischen den Zeilen zu lesen, dass etwas Furchtbares geschehen sein musste. Seine Kutsche verließ Berlin Richtung Nordosten durch das Hamburger Tor, und auf dem Weg nach Neuruppin war der Geistliche völlig in Gedanken versunken. Nie wäre es ihm in den Sinn gekommen, dass man sie verfolgte, und es war wohl dem einsetzenden Nebel zuzuschreiben, dass Albrechts und Julius' Kutsche abgeschüttelt wurde.

Als der Wagen des Pastors Stunden später vor dem Kloster anlangte, brach der Morgen an. An diesem Tag sandte die Sonne ihre ersten Strahlen nur zaghaft über den Stechlin, wo sie auf der Eisschicht glitzernd funkelten und eine nicht mehr als trügerische Wärme verbreiteten. Sternbergs Finger hatten sich so fest um die Lutherbibel verkrampft, in der er während der Fahrt und bei flackerndem Gaslicht Trost gesucht hatte, dass es ihm nur mit Mühe gelang, den Verschlag zu öffnen. Ende Oktober war er zuletzt hier gewesen, vor fast vier Monaten also, und nun würgte ihn die Sorge um seine Tochter.

Ein gefallenes Mädchen, dachte er betrübt, und doch mein Kind.

Filines Rose war vor ihrer Zeit gepflückt worden, dies wusste Sternberg, und nie mehr würde seine Tochter einen weißen Schurz und ein weißes Tuch tragen. Auch ihre Haare durften nicht mehr zu Zöpfen geflochten sein. Aber all dies erschien ihm bedeutungslos, wenn er daran dachte, dass ihr etwas zugestoßen sein könnte oder dass sie sich selbst etwas angetan hatte. Er warf sich seine Hartherzigkeit ein ums andere Mal vor und als er aus dem Wagen stieg, ähnelte sein ohnehin bleiches und abgehärmtes Gesicht mehr denn je einem Totenschädel.

Eine Nonne, die ihn hatte vorfahren sehen, öffnete die Eingangstür, wo sie im Rahmen abwartend stehen blieb.

Er bahnte sich seinen Weg durch den Schnee und nickte ihr zu.

»Herr Pastor«, sagte sie und deutete einen Knicks an, »folgen Sie mir. Ich werde die Ehrwürdige Mutter über Ihr Kommen unterrichten.«

Er wurde in denselben Raum geführt, in dem er Mutter Caritas bestochen hatte, Filine in ihrem Damenstift aufzunehmen. Alles sah noch gleich aus, die Tischplatte war blank poliert. Sternberg war zu ungeduldig, um sich zu setzen, und so ging er im Zimmer auf und ab. Minuten verstrichen, in denen ihn jedes noch so leise Geräusch aufschrecken ließ. Als die Nonne erschien, vergaß sich der Pastor und warf die Gepflogenheiten des Gastes über Bord.

»Wie geht es ihr?«, fragte er erregt.

»Setzen Sie sich«, sagte die Oberin mit herrischer Miene.

Sternberg sah sich um, entdeckte einen Stuhl und ließ sich darauf nieder, wie betäubt ob der unerwarteten Härte der Frau. Ihr Gesicht wirkte kantig, von Furchen durchzogen. Sie kniff die Lippen zusammen und musterte den Mann vor ihr.

»Gerne würde ich Sie wie einen alten Freund hier bei uns in Lindow willkommen heißen«, brach sie schließlich das Schweigen, »aber unserem Herrn beliebte es in seiner unergründlichen Weisheit, dass unser Zusammentreffen unter keinem günstigen Stern steht. Es ist nicht die Zeit für oberflächliche Worte, Pastor, und als Mutter Oberin dieses Konvents muss ich Ihnen die Nachricht überbringen, dass es zu unser aller Nutzen wäre, wenn Sie Ihre Tochter mit sich nach Hause nehmen würden.«

»Es geht ihr also gut?«

Allmählich wich die Anspannung aus seinem Gesicht.

»Sie ist krank, Herr Pastor«, sagte die Nonne und betrachtete ihren Besucher mit dem gleichen frommen und ernsten Gesicht, mit dem sie sonntags die Messe besuchte. »Beten wir für sie!«

Sie faltete die Hände und Gottfried Sternberg tat es ihr nach. »Natürlich, natürlich«, murmelte er.

Mit sonorer Stimme begann sie: »Lieber Vater im Himmel, ein neuer Tag beginnt. Tröste uns durch dein

Wort, erquicke die arme kranke Seele Filinens in ihrer Mattigkeit. Sei bei ihr, wenn die Schmerzen kommen, und sollte sie scheiden, so tritt du dann herfür und erscheine ihr zum Schilde. Geleite sie auf ihrem Weg zu den jenseitigen Seelen. Glaubensvoll wollen wir dich an unser Herz drücken. Lass uns den Tag bestehen. Du bist unser Vater, dir vertrauen wir uns an. Amen.«

»Amen!«, wiederholte Sternberg mit stockender Stimme.

»Stehen Sie nun auf, Pastor«, befahl sie barsch. »Sehen Sie nach Ihrer Tochter.«

Im Flur wartete Schwester Verena auf sie, um den Vater zu Filines Unterkunft zu geleiten. Mutter Caritas, die zurückblieb, sah den beiden mit gestrenger Miene nach. Mit den Fingern ihrer Hand fuhr sie sich über den Rücken ihrer Hakennase.

Die Räume, die Sternberg und die Nonne durchquerten, waren im alten Stil erhalten, teils mit Schränken vollgestopft, deren wertvolle Intarsien unter der schlechten Isolierung des Gemäuers gelitten hatten. Hier hatten einstmals Schätze geruht, deren wertlose Überbleibsel im Dämmerlicht kaum zu erkennen waren. Mit einer Hast, die dem Geistlichen nicht erklärbar war, ging Schwester Verena auf eine verschlossene Kammer zu und öffnete sie. Es umfing sie der spezielle Geruch eines Sterbezimmers: abgestandene Luft, der dumpfe Hauch von erloschenen Kerzen und die fiebrigen Ausdünstungen eines kranken Körpers.

Auf der mit Stroh gefüllten Matratze lag Filine Sternberg, ihr Gesicht besaß die Farbe einer fahlen Seerose.

»Vater?«, flüsterte sie. Als sie versuchte den Kopf zu heben, zwang sie ein Hustenanfall wieder auf die Bettstatt.

»Mein Kind«, sagte er ergriffen und bückte sich zu ihr herab. »Ich bringe dich nach Hause.«

Er legte die Arme um sie, so sanft und aufmerksam wie nie zuvor in seinem Leben. Ein Schatten lag um ihre Augen, und das Taschentuch in ihrer Hand, das sie bisweilen vor den Mund hielt, wies kleine rote Sprenkel auf. Sternberg schickte ein Stoßgebet zum Himmel, als er die Anzeichen der Lungenerkrankung sah, die sich seine Tochter im Eiswasser des Großen Stechlins zugezogen hatte. Unter den Blicken der untätigen Nonne half er ihr auf die Beine, die sie kaum zu tragen vermochten, stützte sie, so gut es ging, und mit Schrecken erkannte er, dass die Krankheit nur eins von Filines Problemen war …

Zweiundzwanzigstes Kapitel

MIT EINER ERSTAUNLICHEN, beinah schon erwachsenen Gelassenheit nahm Babette von Falkenhayn die Meldung über den Verbleib ihres Vaters auf. Nach der fotografischen Sitzung mit dem Baron hatten Albrecht und Julius die Morgenstunden in einem schummrigen Gasthaus zugewartet und sich beim Einsetzen der Dämmerung auf den Weg zu der jungen Baronesse gemacht. Eine ältere Frau, grau, beinah blind, ließ die Herren eintreten. Sie hörte nicht mehr gut, und es war nach Bentheims Geschmack eine kuriose Wahl, sie als Gouvernante einzustellen.

Als Babette, die noch geschlafen hatte, erschien und das Schicksal ihres Vaters vernahm, schenkte sie Julius einen jener Blicke, die bis ins Innerste der Seele zu dringen vermögen.

»Bald werden alle von seiner Unschuld überzeugt sein«, erklärte sie mit fester Stimme. »Auch wenn jetzt eine ernste Stunde unseres Schicksals schlägt, so wird der Schrecken dieses Augenblicks an uns vorüberziehen, ohne Narben zu hinterlassen. Mein lieber Papa ist ein guter Mensch, ein guter Christ. Nie könnte er jemandem etwas zuleide tun.«

»Wollen wir beten, dass dem so ist«, meinte Albrecht mit einer für ihn ungewohnten Empathie.

Sie ließen das Mädchen in der Obhut ihrer Gouvernante, wobei sie ihr versicherten, sie beizeiten über den

Stand der Ermittlungen gegen ihren Vater zu informieren. Albrecht trug Babette an, ihrem Vater oder ihr selbst über einen Boten eine Liste mit vertrauenswürdigen Rechtsanwälten zukommen zu lassen, doch sie schüttelte entschieden den Kopf.

»Papa weiß, was zu tun ist. Er findet einen Weg. Den findet er immer.«

Erschöpft kamen Julius und Albrecht in Amalia Loschs Studentenwohnheim an. Die Mittagszeit war angebrochen und die Witfrau, inzwischen ganz und gar von ihrer Erkältung genesen, bot ihnen an, einige Reste aufzuwärmen. Dankbar akzeptierten sie, wohl wissend, dass die ältere Dame sich im Gegenzug mit Klatsch und Tratsch bezahlen ließ.

Während Krosick herzhaft zulangte, lag es an Julius, ihrer Vermieterin einen Bericht abzuliefern.

»Gute Güte!«, bemerkte sie, als er geendet hatte. »Das arme Kind.«

Dem war nichts hinzuzufügen.

Nach dem Mahl zog sich der junge Tatortzeichner in sein Zimmer zurück. Er streckte sich auf dem Bett aus, starrte an die Decke und ließ den Gedanken freien Lauf. Bald wälzte er sich hin und her. Das Tageslicht störte ungemein, und nebulöse Bilder schlichen sich in seinen Kopf, wo sie sich allmählich zum Porträt Adele Bredows formten. Er nickte ein, schlief zwei Stunden und erhob sich endlich, um am Schreibtisch seine Studienunterlagen der letzten Monate zu sortieren. Das

Frühjahrssemester war noch nicht angebrochen und er nutzte die Zeit, sich in die Thematik der juristischen Vorlesungen zu vertiefen. Julius merkte rasch, dass er nicht bei der Sache war. Das Lesezeichen mit der Klappbrosche zwischen den Fingern, gab er sich Tagträumen hin.

Nach dem Abendessen, das er mit Albrecht und Amalia Losch einnahm, verabschiedete er sich, ohne zu verraten, wohin es ihn trieb. Ein Kutscher brachte den jungen Mann zum Forum Fridericianum. Dort stieg er aus und schlug den Weg in eine der Seitengassen ein. Es bereitete ihm keine Mühe, die Mietskaserne wiederzufinden und die Treppe in den ersten Stock hinaufzusteigen. Erst als er vor Adele Bredows Tür stand, sah er das Absurde seines Tuns ein. Womöglich war sie gar nicht zu Hause. Vielleicht hatte sie Besuch, ihre Eltern, eine spröde Tante, die bei ihr nächtigte, oder – Julius wollte es sich gar nicht ausmalen – Adele ging ihren speziellen Geschäften nach.

Doch seine Befürchtungen zerstoben wie flüchtiger Staub im Wind: Jemand schloss auf. Adeles überraschtes Gesicht wurde im Türspalt sichtbar.

»Du?«

»Ich.«

Sie sah ihn an, etwas befangen, aber öffnete schließlich ganz die Tür, um ihn eintreten zu lassen. Julius musterte den Raum. Ein schmutziger Teller, eine Gabel, ein Messer lagen auf dem Tisch. Beweise dafür, dass sie eben noch ihr Abendessen eingenommen hatte.

Allein. Lediglich drei oder vier Kerzen brannten. Im Halbdunkel nahmen sich einzelne farbige Buchrücken in den Regalen wie die funkelnden Augen wilder, lauernder Tiere aus, die von den Wänden herab das Geschehen verfolgten.

Ohne ein weiteres Wort zu verlieren, denn die fortgeschrittene Tageszeit und Bentheims gehetzter Ausdruck sprachen für sich, fasste Adele den Besucher bei der Hand. Wiegenden Schrittes führte sie ihn ins Schlafzimmer. Er protestierte nicht, als sie ihn aufs Bett stieß, einen harten und berechnenden Ausdruck in den Augen.

Adele ließ ihr Hemd fallen und entblößte jene wogenden Brüste, die Bentheim bis in seine Träume verfolgt hatten.

»Sachte«, mahnte sie, als er mit rasender Ungeduld in ihre Brustwarzen kniff.

Er riss ihr den Rock herunter und sah sich an ihrem Körper satt, er presste sein Gesicht an ihren Bauch, atmete den Geruch ihrer Haut ein, während sie sanft aufstöhnte. Vor Monaten hatte er sie in seiner Funktion als Bissings persönlicher Pornograf gemalt, aber die Erregung, die ihn nun durchfuhr, war nicht zu vergleichen mit den Gefühlen von damals.

Adele zwängte ihre Hand in seine Hose, packte fest zu, sodass es ihm fast weh tat, und Julius' Arme legten sich beinah ohne eigenes Zutun um sie. Ihr Körper war schlank und straff, in ihrem Gesicht spiegelte sich das Verlangen. Sie bog ihren Rücken durch, ihre

Brustspitzen standen vor, ungestüm küsste sie den jungen Zeichner, wobei sich unbeherrschte kurze Laute ihrer Kehle entrangen. Sie setzte sich rittlings auf ihn, rieb sich an seinem Glied, und als es steif genug war, nahm sie es in sich auf.

Er kam viel zu früh und schämte sich ein wenig dafür, was für eine klägliche Figur er doch abgab.

»Schon gut«, flüsterte Adele Bredow, »schon gut. Ich verstehe dich, Julius, ich verstehe alles.«

Dreiundzwanzigstes Kapitel

EINE TIEFE ERSCHÖPFUNG hatte sich Julius Bentheims bemächtigt. Schläfrig, aber doch noch interessiert genug, um sie zu beobachten, nahm er wahr, dass seine Gespielin aufstand. Ihrem Nachttisch, einem schwarz lackierten quadratischen Klotz, entnahm sie eine seltsame Apparatur, die man unter dem Namen Mutterspritze auf etlichen Berliner Märkten wohlfeil erstehen konnte.

Adele begab sich in die Küche, wo sie den becherartigen Irrigator, an dem ein Rohr befestigt war, auf den Tisch stellte. Aus einem Behälter ließ sie Carbolsäure und Alaun hineinlaufen. Um alles zu verdünnen, gab sie Wasser hinzu und schüttelte das Gefäß.

Sie kam ins Schlafzimmer zurück, wo sie zu Julius aufs Bett kroch und sich ein Handtuch unter den Po schob. Den Rücken an zwei große Kissen gelehnt, die Beine gespreizt, führte sie das Ende des Schlauchs in ihre Vagina ein. Sie drückte den Handball zusammen, und die Flüssigkeit umspülte alle Wandungen und Falten ihres Scheidengewölbes.

»Das nächste Mal bringst du einen Schafsdarm mit«, meinte sie. »Verhütung ist Männersache.«

»Ein Schafsdarm?«, erkundigte er sich verdutzt, obgleich er ahnte, was damit alles zu bewerkstelligen war. In Albrechts Mansarde baumelten immer wieder Schafsdärme von der Decke. Sein Kommilitone wusch sie in Borwasser und hängte sie zum Trocknen auf. Julius wusste, dass er in dieser Hinsicht unwissend war, aber die Naivität, mit der er damals seine Beziehung zu Filine angegangen hatte, überraschte ihn dennoch.

»Ja, Schafsdärme«, wiederholte Adele Bredow und gab ihm einen Kuss. »Die sind immer wieder von Neuem gebrauchsfähig, und die Männer schwärmen von der angeblichen Gefühlsechtheit.«

Julius schmunzelte, als er Adele hoch und heilig einen Besuch beim Schlachter versprechen musste. Dann schlief er ein.

Am nächsten Tag drängte Albrecht Krosick darauf, Friedrich Caspari einen Besuch abzustatten, denn seine kriminologische Ader trieb ihn dazu, auf eigene Faust zu ermitteln. Erst am Abend, als das Regiment von

Braunschweig mit dem Exerzieren fertig war und die meisten Soldaten zum Essenfassen gingen, erhielten sie Zutritt zum Gelände, und dies auch nur dank ihrer Polizeimarken, die ihnen Kommissar Horlitz einmal hatte ausstellen lassen.

Die beiden Studenten schlenderten über den Kasernenhof Richtung Unterkünfte, als Albrecht einen vorbeikommenden Spieß anhielt.

»Verzeihung, guter Mann. Können Sie uns den Weg weisen? Wir suchen Major Neese.«

Julius verkniff sich das Lachen, während der junge Mann angestrengt nachdachte.

»Na, keine Ahnung? Aber Sie wissen gewiss, wo Major Rahn zu finden ist? Auch nicht? Herrgott, die Jugend von heute, Preußens Glanz und Gloria. Ich hoffe, Sie kennen Sekondeleutnant Friedrich Caspari.«

Das Gesicht des Mannes hellte sich auf.

»Da hinten, links, abbiegen nach der dritten Reihe Baracken. Nummer 16. Hoffe, ich konnte den Herren Zivilisten dienlich sein.«

»Herzlichen Dank«, meinte Albrecht, »und Glückauf, Kamerad! Mayonnaise und Majoran finden Sie übrigens in der Kantine.«

Sie grinsten auch dann noch, als sie vor Sekondeleutnant Friedrich Casparis Baracke standen. »Reißen wir uns zusammen«, zischte Julius. Auf Albrechts Zeichen hin hob er die Hand und pochte an die Tür.

Caspari, der zugegen war, wirkte gefasster als noch vor wenigen Tagen, wenn auch seine Augen glanzlos und abwesend schienen. Er bot seinen Gästen Stühle an, während er selbst sich in einen bequemen Sessel fallen ließ, der nach einer Entwurfsskizze Ludwig Persius' entstanden war, ein thronähnliches Möbel mit Lederpolsterung. Jetzt, wo er mehr Gelegenheit hatte, das Interieur zu beachten, fiel Julius die Eleganz der kleinen Offizierswohnung auf.

»Herr Caspari«, begann er mit sorgfältig gewählten Worten, »unsere guten Gedanken, die auch über diese eine Tat hinausreichen, mögen Ihnen helfen, über die Trauer hinwegzukommen. Die nächste Zeit wird eine Zeit des Begreifens sein, des Loslassens, und ich hoffe, Sie können diesen so plötzlich zugemuteten Abschied annehmen. Unser Kontakt zu Grenadier-Hauptmann Birkholz war leider nur sporadisch. Wir können nur ahnen, wie schmerzhaft der Verlust für Sie sein muss, da Sie doch mit ihm zusammenlebten.«

»Geschwätz«, fauchte Caspari. »Verschonen Sie mich mit Ihrer Heuchelei.«

»Ich verstehe, wenn die Nachricht von seinem unerwarteten Ableben Sie sehr getroffen hat«, fuhr Bentheim unbeirrt fort.

Der Leutnant hob die Hand. »Nichts verstehen Sie, Bentheim, und auch Sie nicht, Krosick. Weinen Sie keine Krokodilstränen. Mir können Sie nichts vormachen. Verraten Sie mir einfach den Grund für Ihren Besuch.«

»In medias res«, sagte Albrecht anerkennend.

Der Mann schnitt eine Grimasse. »Genau. Halten Sie mich nicht unnötig auf.«

»Bei allem gebotenem Respekt, Herr Caspari. Wir wollen alle dasselbe: den Mörder finden.«

»Sie sind nicht privat hier, so viel habe ich verstanden.«

Dass die beiden Freunde einen raschen Blick wechselten, entging dem Sekondeleutnant keineswegs: »Ah, sie beide sind also doch nicht von Amtes wegen hier.«

»Welche Kontakte hatte Birkholz zum Baron?«, fragte Julius unbeeindruckt.

»Keine, soviel ich weiß.«

»Aber er war zur Silvesterfeier geladen«, insistierte Krosick.

»Das waren Sie auch«, entgegnete Caspari, »und das, obwohl Sie den Baron nicht kannten. Nein, nein, Anton und ich hatten lediglich das Glück, als Begleitung von Generalmajor von Moltke mit nach Buckow fahren zu dürfen.«

»Wieso feiert der Baron Silvester mit Leuten, die er nicht kennt?«, warf Albrecht in den Raum.

»Weil man Feste nun mal nicht allein feiert«, bemerkte der Leutnant. »Falkenhayn war neu in der Stadt. Ich glaube, er kam direkt aus dem Fürstentum Waldeck nach Berlin. Das neue Jahr mit ein paar Honoratioren einzuläuten, ist kein schlechter Anfang. Und seine Tochter konnte so in die Gesellschaft eingeführt werden. Aber ich habe mich vorhin ungenau ausgedrückt: Anton pflegte keine Kontakte zum Baron, er kannte ihn jedoch von früher.«

»Woher?«

Caspari stand auf, um für einen Augenblick in Birkholzens Zimmer zu verschwinden. Als er zurückkehrte, stellte er eine Pappschachtel mit allerlei Krimskrams auf den Tisch. »Hier. Einige von Antons privaten Hinterlassenschaften: kleine Zettel mit Liebesschwüren seiner Freundinnen, Briefe der Schwester und der Mutter, ein paar Fotos. Erinnerungsstücke früherer Einsatzgebiete.« Er entnahm der Schachtel ein Bündel Fotografien und deutete auf eine davon. »Erkennen Sie die Personen?«

Julius Bentheim beugte sich vor, die Augen zu Schlitzen verengt.

Das Bild zeigte die Mitglieder einer Abendgesellschaft, eine Gruppe von sechs Personen, die auf einer Gartenterrasse saßen und zufrieden dem Fotografen zulächelten. Im Hintergrund waren verschwommen ein paar blühende Azaleen zu sehen. Am rechten Rand, in eine Uniform samt Schulterstück mit silbernem Stern gewandet, saß unverkennbar Anton Birkholz. Dann folgten drei Männer, die Julius unbekannt waren. Und rechts auf dem Foto schließlich prangte das unverkennbare Antlitz des Valentin von Falkenhayn, lachend, mit klaren, weit aufgerissenen Augen. Eine Strähne des blonden Haars fiel ihm ins Gesicht, und die vernarbte Stelle am Hals – ein hässlicher, dunkler Streifen – ließ keine Zweifel zu, um wen es sich handelte. Dem Mädchen vor ihm hatte der Mann beschützend die Hand auf die Schulter gelegt.

»Wo wurde das Foto aufgenommen?«

»Keine Ahnung.«

»Sie wissen wohl auch nicht, wann?«

Caspari schüttelte den Kopf.

»Gartenazaleen blühen von Mai bis Anfang Juni«, bemerkte Bentheim. »Ich denke, das genügt als Beweis, dass sich der Baron und Birkholz vor Silvester kannten.«

»Es ist einerlei, ob sie sich kannten oder nicht. Wichtig ist, welcher Art ihre Beziehungen waren. Gibt es …? Nanu, hat es geklopft?«

Albrecht Krosick hielt lauschend inne.

In der Tat hallte erneut das dumpfe Geräusch einer geballten Faust, die auf Holz schlägt, durch die Baracke.

»Ich bin ein gefragter Mann«, meinte Caspari mit Galgenhumor, als er aufstand, um den Besucher einzulassen: Es war Kommissar Horlitz, der eintrat. Als er den Mantel ablegte, dampfte sein Körper.

»Meine Herren«, meinte er trocken und nickte den Studenten zu. »Herr Caspari.«

Der Sekondeleutnant wartete gespannt ab, in aufrechter und straffer Haltung.

»Eine gute und eine schlechte Nachricht, die ich zu überbringen habe. Die gute für Sie, Herr Caspari: Ich habe eben überprüft, wo Sie heute waren.«

»Ich hatte doppelte Schicht. Nachtdienst und normaler Dienst. War eingeteilt von zwei Uhr früh bis 18 Uhr. Arbeit lässt einen auf andere Gedanken kommen.«

Horlitz nickte verständnisvoll, und Julius meinte: »Es gibt gewiss einen Grund, Herr Kommissar, dass dies eine gute Nachricht sein soll.«

»Ganz recht. Die Doppelschicht ist Ihr Alibi, Herr Leutnant. Es gibt ja noch die schlechte Nachricht: Heute Nachmittag wurde Nikolaus Gruben tot aufgefunden.«

Bentheim fuhr auf: »Wie bitte? Was ist passiert?«

»Wir wissen es noch nicht genau. Todesursache ist wahrscheinlich ein langer, spitzer Gegenstand, der ihm ins Auge gestoßen wurde und weit ins Hirn vordrang. Der Mediziner vor Ort schätzte den Zeitpunkt des Todes auf vier Uhr in der Früh, wollte sich aber nicht darauf festlegen. Wir haben Grubens sterbliche Überreste zur Untersuchung in die Charité bringen lassen. Bald erfahren wir mehr. Kommen Sie mit, meine Herren? Das gewohnte Prozedere. Gruppenbild mit Leiche.«

Sie rückten ihre Stühle, Horlitz warf sich wieder den Mantel über.

Nacheinander reichten sie Caspari die Hand zum Abschied.

»Eine Frage noch«, sagte Albrecht, als er einen Fuß bereits über der Schwelle hatte.

»Ja?«

»Wann wurde Birkholz zum Hauptmann befördert?«

»Das muss so vor fünf oder sechs Jahren gewesen sein. Wieso fragen Sie?«

»Ach, nicht so wichtig, Herr Leutnant, gar nicht so wichtig …«

Vierundzwanzigstes Kapitel

IN DER CHARITÉ ANGEKOMMEN, warteten sie in Rudolf Virchows Büro auf den berühmten Mediziner. Draußen war es dunkel geworden, die Nacht brach allmählich herein, und drinnen, inmitten all der Exponate des weltweit verehrten Pathologen, warfen die Lampen skurril anmutende Schatten an die Wände.

»Der Herr Professor kommt gleich«, informierte seine Vorzimmerdame die Gäste. »Die Sektion ist beendet, er macht sich nur noch kurz frisch.«

Horlitz bedankte sich.

Bentheim sah sich indes um. In allen Ecken und Enden des Raumes stapelten sich Hunderte von menschlichen Schädeln, manche so hoch und wackelig aufgetürmt, dass man Gefahr lief, beim geringsten Luftzug unter ihnen begraben zu werden. Virchow, Berlins bekanntester Arzt, hatte es sich zur Aufgabe gemacht, aus allen Weltgegenden Totenköpfe zu sammeln, um anhand ihrer Form und Größe besondere Rassencharaktere zu definieren. Sein Büro war zum Bersten voll, und Julius fragte sich, wie man in diesem Chaos arbeiten konnte. Stolperte man nicht zufällig über die vielen Schienbein- oder Oberarmknochen, die am Boden lagen, so stieß man gewiss mit dem Kopf an eines der präparierten Skelette, die an Drahtgestellen von der Decke hingen.

In diese und ähnliche Betrachtungen vertieft war der Tatortzeichner, als die Tür aufging und Virchow das Büro betrat. Sein stattlicher Körper füllte beinah den Rahmen aus. Der Vollbart war wie stets penibel gepflegt, die langen Haare akkurat nach hinten gekämmt. Dennoch sah der Mediziner – er, der sich rühmte, Tausende von Körpern unter dem Skalpell gehabt zu haben – abgekämpft aus.

»Gideon, alter Freund«, begrüßte der Arzt den Kommissar. »Immer im Dienst, immer auf Trab. Sie vermiesen mir meine verdiente Abendruhe mit all den Leichen, die Ihre Gendarmen uns vorbeibringen.«

»Was sein muss, muss sein«, bemerkte Horlitz, und sie reichten sich die Hände.

Im letzten Jahr, nach der Leichenschau der ermordeten Gelegenheitsprostituierten Lene Kulm, hatte Virchow seinen Gästen eine Zigarrenschachtel mit echten Partagas angeboten. Zu Bentheims Enttäuschung machte der Pathologe diesmal keinerlei Anstalten, ihnen etwas zu offerieren. Stattdessen musterte er den Fotografen und zwinkerte vergnügt mit dem rechten Auge.

»Herr Krosick, nicht wahr? Sie haben Eindruck bei mir hinterlassen.«

»Ich fühle mich geschmeichelt. Darf ich erfahren, weshalb?«

»Ihre Leberreime sind mir im Gedächtnis haften geblieben. Sind sie noch immer aktuell?«

Albrecht schüttelte den Kopf und meinte: »Es ist das Jahr der Frau-Wirtinnen-Verse.«

»Wie schade: von den höchsten lyrischen Ergüssen hinabgestiegen in die Niederungen des Altherrenwitzes. Aber das Zotige und Animalische ist nun einmal dem Menschen angeboren, und ich muss gestehen: Auch mich vermögen sie bisweilen zu entzücken.«

»Ein Beispiel, Herr Professor!«, erdreistete sich Albrecht zu fordern.

Gutmütig und in ehrwürdiger Vatermanier strich sich Rudolf Virchow über den Bart, bevor er sich an einem Reim versuchte:

»Frau Wirtin musste heut' zum Arzt,
weil mit dem Pinkeln es ihr harzt.
Er untersuchte ihr die Spalte
– es grinsten ihn die Filzläus' an –
und sang dabei das ›Gott erhalte‹.«

Horlitz lächelte verlegen, während Albrecht entzückt war. Sich selbst inmitten blank polierter Gerippe keinen Deut um Anstand und Moral scheren zu müssen, schien für den Fotografen das höchste der Gefühle zu sein. Julius Bentheim, der um den leicht aufmüpfigen Wesenszug seines Freundes wusste, versuchte das Gespräch in andere Bahnen zu lenken.

»Herr Professor, können Sie dem Kommissar schon Einzelheiten verraten?«

»Aber gewiss.«

»Mord?«, fragte Horlitz.

»Natürlich«, antwortete Virchow. »Stich durchs Auge, völlige Perforierung, der Augapfel wurde gänzlich durchbohrt. Mord, begangen mit einem äußerst dünnen metallischen Gegenstand. Mindestlänge 15 Zentimeter.«

»Wie dünn?«

»Schätzungsweise zwischen zwei und drei Millimeter.«

»Dann ist es kein Messer«, bemerkte Julius.

»Definitiv nicht«, bestätigte der Pathologe.

»Was besitzt diese Form?«

»Das herauszufinden, ist Aufgabe der Polizei. Ich könnte nur Vermutungen anstellen, was es war. Ein Brieföffner zum Beispiel. Oder ein Eisenstäbchen? Was weiß ich …«

»Sonstige äußere Gewalteinwirkung sichtbar?«

»Keine. Der Tod hat den Mann völlig unvorbereitet ereilt.«

»Aber man sticht einem doch nicht einfach aus heiterem Himmel ins Auge! Kein Gerangel, das dem Angriff vorausging?«

»Nein. Herrn Grubens Stunde hatte geschlagen. Die Tat war im Voraus geplant, und das Opfer hatte den Übergriff nicht erwartet. Trotzdem muss man schon ein sicheres Händchen haben, um nicht abzurutschen oder an Stirn- und Jochbein anzustoßen. Gleichzeitig durchtrennt die Wucht des Angriffs die Augenmuskeln, das Fett und die Periorbita, bis der spitze Gegenstand ins Hirn vordringt.«

»Also ist der Täter ein Mann, ein kräftiger Mann?«

Virchow zögerte mit der Antwort. Schließlich meinte er: »Nicht unbedingt, aber wahrscheinlich.

Ich wage zumindest zu behaupten, dass Täter und Opfer sich kannten und vertrauten Umgang miteinander hatten.«

»Herrje«, seufzte Julius. »Drei Tote, drei unterschiedliche Mordwaffen, womöglich auch drei Motive. Das wird immer verworrener.«

Nachdenklich nickte Albrecht und warf zudem ein: »Es kommt sogar noch schlimmer. Vielleicht haben wir es auch mit drei Mördern zu tun.«

»In der Tat«, murmelte Horlitz.

Rudolf Virchow setzte sich in Bewegung, zog einen Stuhl heran, den er von einigen darauf deponierten Knochenstücken befreite, bevor er sich setzte, und meinte interessiert: »Darf man erfahren, in welcher Angelegenheit Sie ermitteln?«

»Der Fall, der in der Presse als der Fluch um den Bund der Okkultisten ausgeschlachtet wird«, antwortete Julius müde.

»Ah, ich habe davon gelesen. Drei Opfer, allesamt männlich. Die Herren Arnd, Gruben und Birkholz, und alle gehörten sie diesen ominösen 13 an. Ein richtiger Hintertreppenroman, dieser Fall. Oder diese Fälle, wenn Sie so wollen. Nichts ist auf den ersten Blick durchschaubar. Doppelte Böden und Falltüren, im übertragenen Sinn natürlich. Mit einem Wort: Hintertreppe.«

»Da ist was dran, Professor. Aber wir sind hier nicht in einem Kriminalroman«, sagte der Kommissar. »Mir liegt daran, den Täter seiner gerechten Strafe zuzuführen, um wenigstens auf diese Weise den trauernden Hinterbliebenen einen gewissen Trost zu verschaffen. Drei Tote, das ist bereits eine Serie, und ich möchte nicht, dass ihr ein weiteres Kapitel angehängt wird.«

Virchow lächelte, als er entgegnete: »Auch auf die Gefahr hin, dass Sie den Täter nicht finden, kann ich Sie beruhigen, Gideon. Spätestens nach zehn weiteren Toten ist es aus mit Ihrer Serie. Dann ist dem Aberglauben Gerechtigkeit widerfahren.«

»Sie haben gut reden«, meinte Horlitz düster und wandte sich zum Gehen.

»Eine Frage noch, Herr Professor.« Albrecht Krosick sah den Pathologen erwartungsvoll an. »Wie lange dauert eine durchschnittliche Wundheilung?«

»Kommt auf den Grad der Verletzung an. Operationswunden, die genäht werden müssen, oder auch solche, die eine Infektion aufweisen, brauchen länger für die Gewebeneubildung als normale Wunden. Auf recht herrliche Anschauungsbeispiele treffen Sie übrigens bei Ihren Kommilitonen. Schauen Sie sich einmal auf dem Campus um, Herr Krosick, da findet sich zweifellos ein Student mit Schmiss, den er bei einer Mensur davongetragen hat. Die Jugend von heute sieht es ja als unerlässliches Erkennungszeichen für die Tatkraft und Unerschrockenheit des Mannes, wenn er sich das Gesicht mit einem Säbel verunstalten lässt. Beati pauperes spiritu, kann man da nur sagen. Selig die Armen im Geiste.«

»Ihr Wort in Gottes Ohr, Herr Professor. Welche Farbnuancen nimmt der von Ihnen erwähnte Schmiss während der Regeneration an?«

»Drei Tage nach einer Verletzung beginnt im Normalfall die Neubildung der Blutgefäße. Zuerst ist die Narbe rötlich. Je straffer das Bindegewebe wird, desto stärker geht die Durchblutung zurück. Das Gewebe sinkt ein und wird blasser. Aber wieso interessiert Sie das?«

»Weil wir einen Baron kennen«, erklärte er geheimnisvoll, »dessen Narbe eine Farbe aufweist, die sie eigentlich nicht haben dürfte.«

Vergeblich bedrängte Julius Bentheim seinen Freund. Albrecht Krosick behielt seine Vermutungen für sich. Der Tatortzeichner war überzeugt, dass der Fotograf mehr über die Hintergründe der Morde wusste als er. Oder zumindest ahnte Albrecht etwas, weil er Schlussfolgerungen aus versteckten Hinweisen und Indizien zog, die Julius verborgen geblieben waren. Bentheim bat seinen Freund um Aufklärung, damit sie gemeinsam die Thesen erörtern konnten, aber Albrecht ging nicht darauf ein.

Selbst am nächsten Mittag noch, als sie gemeinsam mit Amalia Losch in der Küche saßen, wies er das Ansinnen mit Bestimmtheit von sich: »Falls ich mich irre, mache ich mich nicht nur vor der ganzen Welt lächerlich, sondern stürze auch eine unschuldige Person ins Elend.«

Vor der Charité hatte sich Julius vom Kommissar und von Albrecht verabschiedet und war ohne Umweg zu Adele Bredow gefahren. Sie verbrachten die Nacht zusammen, und nachdem sie sich am Morgen ein zweites Mal geliebt hatten, gab ihm Adele – wie immer – ein Buch mit auf den Weg.

So saß er nun auf der Eckbank, den Band neben seinem Teller, und diskutierte mit dem Fotografen.

»Ich sehe, du liest die ›Melusine‹ des Thüring von Ringoltingen«, stellte Albrecht fest.

Bentheim nickte.

Die Stirn in Falten gelegt, griff sein Freund nach dem Buch, auf dessen Frontispiz die badende Titelfigur abgebildet war: eine barbusige Wassernixe mit langem Fischschwanz statt menschlichen Beinen.

»Auch da existiert es«, murmelte er.

»Was?«

»Das ewig Junge«, antwortete der Fotograf gedankenverloren, »die weise Fee, die es nur im Märchen, in Sagen und Legenden geben soll.«

Die Vermieterin sah ihn stirnrunzelnd an, als sie den Tisch abräumte. »Sie sprechen in Rätseln, junger Herr Krosick«, meinte sie.

»Ach, ich war in Gedanken, Frau Losch. Heute Morgen, als Julius noch anderweitig beschäftigt war, habe ich der jungen Baronesse einen Besuch abgestattet. Mehrere Male musste ich an der Klingel ziehen und heftig an die Tür hämmern, bis endlich geöffnet wurde. Meine Sorge galt dem Kind, das allein auf sich gestellt ist. Doch die Gouvernante – so blind und taub sie sein mag – kümmert sich rührend um Babette. Diese nämlich strahlte, als sie mich im Speisezimmer empfing, und verriet mir, dass ihr Herr Papa nach einem guten Anwalt habe schicken lassen. Binnen 48 Stunden erwarte sie die Ankunft des Barons zu Hause.«

»Das ist schön für die beiden. Vater und Tochter brauchen nun Zeit, um die schreckliche Tragödie, die ihre Familie getroffen hat, zu verarbeiten«, meinte Frau Losch mitfühlend.

»Eine Tragödie, zu deren letztem Akt erst noch aufgespielt wird«, bemerkte Albrecht düster. »Aber das bringt mich auf eine Idee. Julius, es ist an der Zeit, ein paar letzte Nachforschungen anzustellen.«

»Wann? Jetzt?«

»Nein, erst einmal muss ich Professor Virchow um eine medizinische Information ersuchen. Später also.«

»Und wo?«, fragte Bentheim lakonisch, seinen schweigsamen Freund erst gar nicht um Einzelheiten bittend.

»Wiederum bei Herrn Caspari.«

Gegen 19 Uhr ratterte ein vierrädriger Landauer über Berlins verschneite Straßen. Im Verschlag saßen zwei Studenten, eingemummelt in warme Kleidung, eine Rosshaardecke über die Beine geworfen. Albrecht Krosick reichte seinem Kommilitonen drei Blätter, auf denen mehrere Personennamen standen: verbunden mit Pfeilen, versehen mit Fragezeichen, manche untermalt, manche durchgestrichen.

»Was ist das?«, wollte Bentheim wissen.

»Meine Skizzen zu den einzelnen Todesfällen. Blatt Nummer eins habe ich mit Joachim Arnd betitelt.«

»Dieses hier, ja?«

Sein Freund nickte, als er das Papier an die flackernde Innenbeleuchtung des Wagens hielt.

»Schau her. Vom Toten einmal abgesehen, waren auf Schloss Buckow anwesend: Julius Bentheim, Albrecht Krosick, die Schriftsteller Theodor Fontane, Balduin Möllhausen und Sir John Retcliffe; ferner der Baron und seine Tochter, das Medium sowie der Mann, der die Séance leitete, dann noch Nikolaus Gruben, Sekondeleutnant Friedrich Caspari, Grenadier-Hauptmann Anton Birkholz und Helmuth Karl Bernhard von Moltke. Und alle restlichen Gäste. Unzählige Verdächtige also.«

»Moment, Moment, uns beide kann man von der Liste streichen.«

Albrecht lächelte.

»Gut. Wen sonst noch?«

»Die Militärs. Aber als Alarich mit seinem Tritt Joachim Arnd am Kopf traf, waren die längst auf der Heimfahrt.«

»Horlitz wird ihre Alibis wohl überprüft haben. Sehen wir es einfach als Gewissheit an. Wer bleibt übrig? Wer könnte das Pferd derart aufgestachelt haben, dass es durchging?«

»Die Herren Autoren schließe ich aus.«

»Wieso?«

»Intuition.«

»Es entspricht zwar nicht den Gepflogenheiten des korrekten Kriminalisten, doch für einmal stimme ich dir zu. Der Kreis der Verdächtigen beschränkt sich im ersten Fall auf Falkenhayn, Babette, Nikolaus Gruben und den Magier. Das namenlose Fußvolk aus Dienern und Gästen streichen wir, da sie bei den zwei weiteren Todesfällen nicht mehr auftauchen.« Die Kutsche beschrieb eine Kurve. Julius hielt sich an der Deckenhalterung fest, während Albrecht ungerührt fortfuhr: »Den Magier und das Medium werfen wir über Bord, denn bei der Gründungssitzung unseres Bunds der Okkultisten hatte ich selbst in der Person von Madame Sibylle für Ersatz gesorgt.«

»Unterm Strich bleiben also die Falkenhayns und Gruben.«

»Richtig. Und über deren Motive können wir nur Mutmaßungen anstellen, und trotzdem bleibt alles rätselhaft und undurchsichtig. Nun aber zu Blatt Nummer zwei, das da trägt den Titel: Anton Birkholz.«

Auch hier gab es eine Liste von Namen, hauptsächlich jene, die zu den Gründungsmitgliedern des Bunds der Okkultisten gehörten. Mehrere davon waren bereits durchgestrichen, sodass Julius lediglich las: »Nikolaus Gruben, Friedrich Caspari, Valentin von Falkenhayn.«

»Interessant, nicht wahr? Drei Verdächtige, von denen der eine umkommt, während der andere in Haft sitzt und der dritte ein hieb- und stichfestes Alibi vorweisen kann.«

Erneut schwankte der Landauer, während er der Krümmung der Straße folgte, und Bentheim griff nach dem dritten Blatt. Er kniff die Augen zusammen, als er seinen Blick über das Geschriebene wandern ließ.

»Das ist jetzt nicht dein Ernst, oder?«, rief er erschrocken aus.

Fünfundzwanzigstes Kapitel

DIE ERKENNTNIS, dass Albrecht mit seinen Vermutungen richtig lag, setzte sich wie ein Albdrücken auf Bentheims Brust, als er den Ausführungen seines Freundes lauschte. Nachdem dieser geendet hatte, sah Julius noch einmal auf das Blatt auf seinen Knien. Darauf stand ein Name, umrahmt von mehreren Schlagwörtern, und der junge Tatortzeichner erkannte nur zu genau, dass die Information, die Albrecht vor wenigen Stunden von Professor Virchow erhalten hatte, der zweitletzte Hinweis in einer langen Indizienkette war.

»Unfall, Epauletten, Foto, Narbe, Liebe, Erpressung, Hypophyse«, wiederholte er leise das Geschriebene.

Der Wagen wurde langsamer, rollte im Schritttempo der Pferde und blieb schließlich stehen. Durch das Sprechrohr erklang die Stimme des Kutschers, der ihnen die Ankunft mitteilte. Sie stiegen aus, schweigend, und machten sich auf den Weg zu Caspari. Dem Kutscher befahlen sie zu warten.

»Sie schon wieder?«, meinte der Sekondeleutnant mit fatalistischem Gleichmut, als er ihnen die Tür öffnete. »Was wollen Sie?«

Albrecht und Julius drängten an ihm vorbei ins Innere.

»Wo war Birkholz in den letzten Jahren überall stationiert?«, fragte der Fotograf ohne Umschweife. Casparis Augen leuchteten kurz auf.

»Sie hat wohl die Erkenntnis gestreift«, bemerkte er höhnisch. »Aber ich kann Ihnen Antwort geben: hauptsächlich hier auf dem Tempelhofer Feld. Von Februar bis Oktober '64 haben wir die Dänen verdroschen. Über Sundewitt ging es Richtung Alsensund, mal waren wir auch vor den Toren Sonderburgs, später gar in Jütland. Davor kannte ich Birkholz noch nicht, aber ich weiß, dass er in der Defensionskaserne Königsberg drei Jahre Dienst schob.«

»Wo sonst noch?«

»Davor war er in Wesel, Potsdam und Waldeck stationiert.«

»Treffer!«

Albrecht reichte seinem Freund einen Zettel, den Bentheim rasch überflog: Es war eine Auflistung der Orte, an denen die Falkenhayns in den letzten Jahren überall Unterkunft genommen hatten. Alles Fürstentümer, alles kleine und unscheinbare Staaten: Waldeck und Pyrmont, Schaumburg-Lippe, Schwarzburg-Rudolstadt, Liechtenstein und Reuß. Dies waren auch die Namen, welche die Baronesse erwähnt hatte, als die Freunde sie in ihrem Stadtpalais trafen.

»Der Baron und Birkholz kannten sich aus Waldeck«, schlussfolgerte der Tatortzeichner.

Albrecht nickte und Julius wandte sich an Caspari: »Wann, sagten Sie, lag der Grenadier-Hauptmann dort in Garnison?«

»Ich weiß es nicht.«

»Das Foto!«, kam es Julius in den Sinn. »Birkholz trug Uniform. Fransenlose Epauletten. Ein silberner Stern.«

»Einen Hauptmann erkennt man an zwei Sternen«, bemerkte Friedrich Caspari. »Auf dem Foto muss Anton noch im Rang eines Oberleutnants sein.«

»Wie lange war er Hauptmann?«

»Seit ich ihn kenne.«

»Die Narbe des Barons«, erklärte Julius. »Auf dem Bild war sie dunkel, jetzt ist sie verblasst. Die Aufnahme ist mindestens fünf bis sechs Jah…« Mitten im Satz hielt er inne. Das Ungeheuerliche seiner Überlegungen trat ihm vor Augen, und irritiert und schockiert zugleich, als bräche das Gewölbe der Welt über ihm zusammen, wandte er den Blick zu Albrecht hin, welcher mit düsterem Gesicht Caspari anstarrte.

»Geben Sie uns das Foto«, befahl Julius herrisch. Ihm war klar, weshalb die Falkenhayns alle zwei Jahre den Wohnort wechselten, weshalb sie kein festes Dienstpersonal besaßen, warum sie eine Gouvernante anstellten, die so schlecht hörte, dass Babette zu nachtschlafender Zeit unbemerkt das Haus verlassen konnte.

»Sie kommen zu spät«, bemerkte Caspari mit bitterem Sarkasmus in der Stimme. »Grubens Interesse an dem Foto war ungewöhnlich stark. Er stritt mit Anton, da dieser das verfängliche Bild partout nicht herausrücken wollte. Eine seiner hervorstechendsten Eigenschaften war seine Korrektheit. Ich habe ihn stets als Ehrenmann erlebt, es war kein Falsch an ihm. Alles sollte in schicklichen Bahnen verlaufen. Und jetzt ist er tot. Und auch Gruben. Zwei Leichen genügen mir vollends, um dieses verfluchte Foto, das alles in Gang setzte, als Werkzeug meiner Rache zu benutzen.«

»Mein Gott, was haben Sie getan?«

»Heute Morgen habe ich Balthasar Korff empfangen. Eventuell schon in der Abendausgabe, spätestens aber morgen wird das Bild in der Vossischen veröffentlicht werden. Sollen sich die, die meinen Freund auf dem Gewissen haben, weiterhin selber zerfleischen.«

Gehetzt, wie wilde Tiere, rannten Julius und Albrecht zur Kutsche zurück, wo sie das Stadtpalais derer von Falkenhayn als Zieladresse angaben. In der winterlichen Kühle holperte der Landauer über das Pflaster. Bei der Charlottenburger Chaussee folgte das Gefährt dem Straßenverlauf nach Nordwesten. Das Gepolter der Räder dröhnte Julius, dessen Nerven überreizt waren, in den Ohren.

Beinah an jeder vierten oder fünften Straßenecke sahen die Freunde ihre Befürchtungen bewahrheitet, als sie die Rufe der Zeitungsjungen vernahmen.

»Skandal um Baron!«, verkündete einer, während der nächste ihn zu übertrumpfen versuchte: »Falkenhayn, der Päderast!«

Vor dem Palais angekommen, gaben die Studenten dem Kutscher Anweisung, ohne Umschweife zum Palais Grumbkow am Molkenmarkt zu fahren, wo er Gideon Horlitz oder den diensthabenden Kommissar auffinden und zu ihnen führen möge. Der Mann nickte verständig und wendete das Gefährt.

Danach schlüpften sie durch das schmiedeeiserne Tor und betraten das in nächtliche Dunkelheit gehüllte Grundstück. Die neobarocke Fassade des Hauses ragte bedrohlich vor ihnen empor, mit Fenstern, so schwarz und abweisend, dass es Julius schauderte. Die Freunde konnten nur hoffen, dass Babette die neuesten Nachrichten noch nicht erfahren hatte. Doch nirgends brannte ein Licht, und das verhieß nichts Gutes. Ohne anzuklopfen, griff Albrecht nach der Klinke und drückte sie nach unten.

Sie gab nach.

Quietschend öffnete sich die Tür, und die Eindringlinge blickten auf die marmorne Vorhalle. Die Gesichter auf Adolph Menzels eingerahmten Skizzen, die vom Mondlicht beschienen wurden, nahmen sich wie unwirkliche Fratzen aus, wie dämonische, abstoßend deformierte Köpfe. Im diffusen Licht erkannte Julius, dass die Flügeltür offen stand.

»Baronesse! Durchlaucht!«

Julius' Stimme hallte durch das Gebäude. Sie lauschten, ob jemand antwortete, und tatsächlich hörten sie ein leises, resignativ anmutendes Kichern, das aus dem Nebenraum zu ihnen herschwappte.

»Babette!«, rief Albrecht, doch ihre Antwort ging im Lärm der plötzlich einsetzenden Schläge einer Standuhr unter.

Sie betraten die Halle mit dem viereckigen Holzkasten, in dem einst die Vorratsbehälter und die Mehlrutsche der alten Mühle gestanden hatten. Ganze zehn Mal schlug die Uhr, die auf dem vier Meter langen Gehäuse thronte. Erschrocken verharrte Julius, als sein Blick auf die gläsernen Schranktüren fiel, die teilweise eingetreten worden waren. Scherben lagen verstreut am Boden. Das Kronenrad klickte dumpf, als zwei Zahnräder einrasteten und den davor befindlichen Körper eine Umdrehung näher an den Tod brachten.

Babette von Falkenhayn saß im Schneidersitz auf dem Boden. Sie trug ihr kurzes rotes Kleid, jenes mit Spitze verzierte, in dem sie Balduin Möllhausen in der Silvesternacht wie ein Bild für die Götter erschienen war. Rot wie Blut, dachte Julius. Ihre Augen waren geweitet, ihr Gesicht, obgleich schmerzverzerrt, strömte eine Entschlossenheit aus, die den Tatortzeichner frösteln ließ.

»Es hat länger gedauert, als ich dachte«, sagte sie müde. »Ich habe Sie viel früher erwartet. Ich musste mich beeilen.«

Ihre Stimme klang krächzend, aber das rührte von dem Schal her, den sie sich um den Hals geschlungen hatte und dessen Enden im Schlund der hölzernen Zahnräder steckten. Der Stoff hatte sich um die Steinspindel gewickelt, die wie eine Garotte wirkte und der Baronesse die Luft abschnürte.

»Richten Sie ihm aus, dass ich ihn liebe.«

Julius Bentheim warf einen Blick auf die robuste Mechanik, und ihm wurde bewusst, wie perfide diese Art von Selbstmord war: Hier gab es kein Zurück, nach den Gesetzen der Physik rückte der Tod näher, einzig mit Hilfe eines Außenstehenden könnte man ihm von der Schippe springen. Keiner der Studenten trug ein Messer mit sich. Er könnte das Haus nach einem scharfen Gegenstand durchsuchen, dachte Julius, oder in den Keller steigen, um die Mühlsteine anzuhalten. Würde die Zeit dafür reichen? Und – ein schlimmer, amoralischer Gedanke erfüllte ihn – wollte er dies überhaupt?

Albrecht Krosick suchte seinen Blick. Er dachte wohl dasselbe.

Bei ihrem ersten Besuch im Palais hatte der Baron verraten, dass die Mühlsteine noch mit dem abgeschafften Berliner Markgewicht angeschrieben waren. Mehr als zwei Zentner wog ein Klotz, und die Zugkraft würde sich durch das Getriebe noch vervielfachen. »Gelangt Ihre Hand ins laufende Zahnrad, sehen Sie sie nie wieder«, waren seine Worte gewesen.

Die Freunde rührten sich nicht. Tatenlos standen sie vor Babette, während das Mondlicht ihre Silhouetten wie die Umrisse dräuender Racheengel an die Wand warf. Erneut knirschte es. Die Zähne des Kronenrades griffen in das zylindrische Spindelrad. Babettes Hinterkopf berührte das Holz, das wie ein Schraubstock an ihren Schädel drückte.

»Eins verstehe ich nicht«, meinte Julius schließlich. »Ich weiß jetzt, wer Birkholz und wer Gruben ermordet hat. Aber was ist mit Joachim Arnd?«

»Ein Unfall«, erklärte Babette, »schlicht und einfach ein Unfall. Diese Hysterie um Gespenster und 13 Okkultisten, die von den Medien geschürt wurde, kam uns lediglich zupass.«

»Wie alt sind Sie?«, wollte Julius wissen.

Erneut knackte es, und Babette schrie auf.

Keuchend gab sie Antwort: »32, bald würde ich 33 werden.«

»Ich verstehe das nicht.«

»Aber ich«, sagte Albrecht. »Du hast meinen Zettel gesehen, Julius. Hypophyse ist das Stichwort. Nicht wahr, Durchlaucht?«

Sie versuchte zu nicken, war jedoch gänzlich unfähig, den eingeklemmten Kopf zu bewegen.

»Virchow hat es mir erklärt«, führte Albrecht aus. »Eine Hormonstörung namens Hypopituitarismus – man nennt sie auch Hypophyseninsuffizienz – ist dafür verantwortlich. Sie ist äußerst selten, beinah unerforscht und hemmt das menschliche Wachstum. Die Betroffenen weisen das Aussehen eines Kindes auf, in diesem Fall das eines ungefähr 14-jährigen Mädchens.«

Die Augen der Frau musterten ihn.

»Was glauben Sie wohl, wie schwierig es für uns war! Ein Leben im Geheimen, stets auf der Flucht vor der Gesellschaft. Nie sesshaft, keine Freunde, keine Bekannten. Sie haben gesehen, was die Zeitungen schreiben: Valentin, der Päderast! Valentin, der Kinderschänder! Nur weil er mich liebt, wird er verspottet. Ein Zirkusfreak, ein Monster – mehr bin ich nicht für diese abgeschmackte Welt! Mit fünf sah ich aus wie eine Zweijährige, mit zwölf wie ein Mädchen von sieben Jahren. Meinen leiblichen Eltern muss ich wie ein Ungeheuer vorgekommen sein. So furchteinflößend, dass sie sich nicht zu schade waren, mich einem Wanderzirkus mitzugeben, wo man mich in Käfigen dem Publikum präsentierte. Skrupellos wurde ich auf die Schaubühnen geschleppt, in allen Ländern Europas dem gaffenden Pöbel vorgeführt. Mein Leben verlief bizarr, inmitten einer Familie von Ausgestoßenen: ein exotischer Lappländer, eine am ganzen Körper behaarte Frau, ein Zwerg, ein Junge mit drei Beinen – und ich. In Kneipen und Panoptiken mussten wir auftreten, damit sich die Leute an unseren entstellten Körpern weiden konnten. Als ich 18 war, sah mich Valentin zum ersten Mal, drei Jahre später folgte die zweite Begegnung. Ich weiß nicht, was ihn erbarmte. Waren es meine Augen, mein desillusionierter Blick, mein abgemagerter Körper? Ich kann es nicht sagen. Um mich freizukaufen, muss er dem Zirkusdirektor Unsummen gezahlt haben. Den Reichen gehört die Welt, sage ich immer; sie formen sie nach ihren Wünschen. Ich wurde unterrichtet, bekam die besten Privatlehrer, lernte Lesen und Schreiben. In all dieser Zeit hat er mich nicht angerührt. Ich war tatsächlich seine kleine Tochter, und es dauerte ganze drei Jahre, bis wir miteinander schliefen.«

»Deshalb wechselten Sie alle zwei Jahre den Wohnort«, folgerte Bentheim. »Wären Sie länger sesshaft geblieben, hätte man bemerkt, dass Ihr Körper nicht altert. Hauptmann Birkholz jedoch hat Sie wiedererkannt und sich leichthin mit Nikolaus Gruben über die Angelegenheit unterhalten. Dieser sah die Chance gekommen, schnelles Geld zu verdienen. Er wollte das Foto haben, unbedingt. Birkholz weigerte sich, gab das Bild nicht heraus. Das muss jene Unterhaltung gewesen sein, in die Caspari hineinplatzte.«

Babettes Atem ging schneller, rasselnd.

Julius fuhr fort: »Gruben erpresst den Baron trotzdem, ohne dass Birkholz etwas davon weiß. Der Baron denkt wohl, Birkholz stecke dahinter, und bringt ihn um. Aber die Erpressungsversuche gehen weiter. Und während Valentin von Falkenhayn in Untersuchungshaft sitzt, stirbt eine weitere Person, und zwar der Geschäftsmann Nikolaus Gruben.« Er legte eine Pause ein. Babette widersprach nicht, und Julius wusste, dass seine Thesen richtig waren. »Verraten Sie uns, womit Sie Gruben ermordet haben.«

»Mit den Waffen einer Frau«, höhnte sie. »Ich suchte ihn auf, während meine liebe, schwerhörige Gouvernante den Schlaf des Gerechten schlief. Nichts ist leichter, als einen Vertreter des starken Geschlechts aus der Contenance zu bringen. Als ich ihm unverhofft meine Brüste zeigte, war er derart abgelenkt, dass er die Hutnadel in meiner Hand nicht kommen sah.«

»Eine Hutnadel also, dieser lange, dünne metallische Gegenstand, von dem Virchow annahm, er könnte ein Brieföffner sein.«

»Ja, eine Hutna…«, bestätigte sie, wobei die letzten Silben im Knacken ihrer Schädelknochen untergingen. Babettes Augen traten hervor, sie starrte glasig ins Leere. Erst jetzt bemerkte Julius die feine Purpurlinie, die am Hals der Selbstmörderin hinabrann. Die Schnappatmung setzte ein, die Frau gurgelte Blut. Das Dröhnen der Mühlsteine kündigte an, dass die nächste Viertelstunde vergangen war.

Instinktiv traten der Tatortzeichner und der Fotograf einen Schritt zurück. Keine Sekunde zu spät, denn mit dem Glockenschlag der Uhr machten die Zahnräder eine weitere Drehung. Babettes Schädel mit dem einstmals so schön und anmutig anzusehenden Jungmädchengesicht zerbarst. Die vordere Kopfhälfte, nunmehr beinah lose in der Luft hängend, sank ihr auf die Brust. Der Gestank von Kot und Urin fuhr Julius in die Nase, als der sterbende Körper sich entleert hatte.

Draußen vor dem Haus klopfte Gideon Horlitz an die Tür. Bentheim und Krosick ließen ihn ein und führten ihn wortlos in den Nebenraum, wo er die Leiche der Baronesse begutachtete.

»Lebte sie noch?«, wollte er wissen.

Keiner antwortete.

»Gut, bereden wir das später. Irgendwelche Hinweise, die mich veranlassen könnten, die Freilassung des Barons aufzuschieben?«

»Ja. Unsere Zeugenaussagen, in denen wir als Gedächtnisprotokoll Babette von Falkenhayns letzte Worte anführen würden«, antwortete Julius endlich.

Horlitz warf einen Blick auf seine Uhr. »Berichten wir dem Baron, was vorgefallen ist«, meinte er. »Vielleicht ist er noch wach.«

Derselbe Kutscher fuhr nun alle drei zum Palais Grumbkow. Auf der Fahrt sprachen sie kein Wort, und Bentheim hing seinen Gedanken nach. Wie seltsam es doch war, dass jemand zum Mörder werden konnte, weil er seine Liebe durch die Gesellschaft gefährdet sah. Ungleich seltsamer war außerdem, dass man jemanden mit der Androhung erpressen konnte, eine Beziehung an die Öffentlichkeit zu zerren, die eigentlich legitim war und von Herzen kam. In was für einer Welt leben wir, durchfuhr es Julius. Zwei Liebende werden zu Mördern, weil die Gesellschaft ihre Beziehung nie und nimmer akzeptieren würde.

Als sie am Molkenmarkt angekommen waren, stiegen sie aus dem Verschlag und betraten das Hauptquartier der Berliner Gendarmerie. Die Zelle, in der man den Baron untergebracht hatte, maß drei Meter im Quadrat. Sie lag tief unter dem Niveau des Erdgeschosses, sodass ein Lichtschacht dem Gelass Helligkeit zuführen musste. Jetzt jedoch war es dunkel, und die Gaslampe im Gang musste genügen.

Valentin von Falkenhayn saß aufrecht auf seiner Pritsche, als hätte er den Besuch erwartet. Er deutete auf das Gitter, hinter dem sich der Lichtschacht verbarg, und meinte verdrossen: »Man kann die Zeitungsjungen hören. Sehr leise zwar, aber ich habe jedes Wort verstanden.«

Kurz überlegte Horlitz, ob er die Zellentür aufschließen sollte, unterließ es aber.

»Deshalb sind wir hier, Durchlaucht.«

»Wie geht es meiner Babette? Sie haben versprochen, auf sie aufzupassen, Herr Bentheim. Haben Sie Ihr Wort gehalten?«

Julius zuckte zusammen. Seine Reaktion genügte, um den Baron die Hände vors Gesicht schlagen zu lassen. Von Krämpfen geschüttelt saß er da, zusammengekrümmt, bleich vor Entsetzen. Im alten Griechenland zog man die Überbringer schlechter Nachrichten stellvertretend zur Verantwortung, und dem Tatortzeichner schnürte es die Kehle zu, als er daran dachte.

»Früher oder später wäre es so weit gewesen«, sagte Falkenhayn matt, als er sich einigermaßen gefasst hatte. »Sie hat mich immer davor gewarnt, was passieren würde, wenn alles aufflöge. Ein Dasein, wie sie es führte, wünsche ich niemandem, nicht einmal meinem ärgsten Feind. Sie wollte nie mehr zurück, zurück in dieses vermaledeite Leben, ausgestoßen, von allen ausgelacht. Wie ein exotisches Tier den Zuschauern vorgeführt, nur weil sie aussieht wie ein Mädchen. Wie eine kleine Prinzessin. Sie war auch eine Prinzessin. Meine Prinzessin.« Seine Stimme brach. Er verschluckte sich, hustete, eine Träne rann seine Wange hinunter. »Wie hat sie es getan?«, fragte er krächzend.

»Sie musste nicht leiden«, wich der Kommissar aus.

»Es ist gut so, jetzt sind ihre Qualen vorüber. Jahrelang hat man sie misshandelt. Bei mir hatte sie es endlich schön. Bis dieser Birkholz und dieser Gruben kamen und drohten, alles zu zerstören. Sie können mir glauben, meine Herren, es war ein Genuss, dem Hauptmann das Vitriol ins Gesicht zu schütten.«

Bentheim schüttelte bedächtig den Kopf, als er ihn korrigierte: »Es war nicht Birkholz, der Sie erpresste. Es war Gruben.«

»Das weiß ich inzwischen selber. Dennoch bereue ich nichts. Birkholz hätte es in der Hand gehabt, das Foto zu zerstören, und blieb so lange untätig, bis das Schicksal seinen Lauf nahm. Auch er hat sein Päckchen zu tragen; wir alle haben unser Päckchen zu tragen. Bald werden Babette und ich wieder vereint sein.«

Die unausgesprochene Drohung, die herauszuhören war, vermochte jeder von ihnen zu deuten, doch keiner der Männer vor der Zelle sagte ein Wort.

Sechsundzwanzigstes Kapitel

AM NÄCHSTEN TAG flanierten Julius Bentheim und Albrecht Krosick über die Friedrichsbrücke und schlugen den Weg zu dem Gebäudekomplex mit dem Alten und Neuen Museum ein. Während sie durch die Hallen schlenderten, in denen die Sammlung der Akademie der Künste untergebracht war, besprachen sie den Kriminalfall, der eine solch tragische Wendung genommen hatte. Bald jedoch waren sie des düsteren Themas überdrüssig und versuchten, auf andere Gedanken zu kommen. Als sie an den antiken Statuen vorüberkamen, machten sie sich einen Zeitvertreib daraus, zu rätseln, ob es sich dabei um teure Originale oder billige Kopien handelte. Vor Monaten nämlich hatte es einen Aufschrei in der Bevölkerung gegeben, als die Museumsleitung aus Sicherheitsgründen mehrere Exponate durch profane Nachbildungen ersetzen ließ, doch in Wahrheit fiel niemandem ein Unterschied auf.

Beim Ausgang des Stülerbaus – das Neue Museum war nach seinem Architekten Friedrich August Stüler benannt – traten die Studenten schließlich wieder ins Freie, wo ein paar Arbeiter damit beschäftigt waren, eine Leihgabe aus dem Porphyrsaal des Pariser Louvre aufzurichten: eine Statue, die den Dämon Belphegor darstellte. Ein Pferdeomnibus brachte sie einige 100 Meter weiter und als sie ausstiegen, fiel Julius ein kleiner Junge ins Auge. Es war derselbe, der vor Monaten für Filine und ihn den Briefträger gespielt und später Albrecht über Pastor Sternbergs Abreise informiert hatte.

»Na, Kleiner! Wie geht es dir?«, sprach ihn der Tatortzeichner an.

Ein Lächeln fuhr dem Dreikäsehoch übers Gesicht.

»Sehr gut, Herr Bentheim. Ihnen auch, wie ich sehe. Es freut mich, dass Fräulein Sternberg wieder in der Stadt ist.«

»Wie bitte? Was sagst du da?«

»Oh, Sie wissen es nicht?«

»Nun rück schon mit der Sprache raus! Wo ist sie?«

Eingeschüchtert starrte der Junge ihn an.

»Wo ist Filine?«, wiederholte Bentheim forsch, den Kleinen am Kragen packend.

»Ruhig Blut, Julius.« Albrecht legte ihm besänftigend die Hand auf die Schulter. Erschrocken über sich selbst, ließ Julius los.

»Ich habe sie zu Hause gesehen«, stammelte der Knabe. »Zumindest glaube ich, dass sie es war. Am Fenster. Zwar hinter den Gardinen, aber sie war es gewiss. Sternbergs Tochter. Ich schwöre Stein und Bein.«

»Schon gut, Kleiner«, meinte Albrecht und reichte ihm ein paar Münzen. »Verschwinde, kauf dir was Schönes.«

Das Wechselbad der Gefühle, in das die Nachricht von Filines Rückkehr Julius getaucht hatte, machte einen unentschlossenen Narren aus ihm. Wie ein tumber Tor, untätig den Boden fixierend, stand der Tatortzeichner da und sann über die Sache nach.

»Sie ist wieder da«, wiederholte er unentwegt.

»Ich weiß.«

»Sie ist wieder da. Soll ich zu ihr? Noch heute?«

Albrecht wiegte skeptisch den Kopf. »Was ist mit Adele?«, gab er zu bedenken.

Mit mildem Entsetzen sah Bentheim ihn an. Er hatte seinen Freund nicht ins Vertrauen gezogen, und doch ahnte dieser bereits, wie es um sie beide stand. So sehr er sich nach der unschuldigen Naivität Filines sehnte, so sehr ängstigte ihn der Gedanke an eine Aussprache mit Adele und unvermeidbar eben auch an eine Aussprache mit Filine.

»Die Bredow ist eine, mit der man Pferde stehlen kann«, murmelte er.

»Ich bin der tiefsten Überzeugung«, bemerkte Albrecht, »dass es nicht entscheidend ist, ob man zusammen Pferde stehlen kann. Ungleich wichtiger ist vielmehr, ob man deren Mist dann auch zusammen vom Hof schaufelt, Julius.«

»Da magst du recht haben.«

In sich gekehrt, starrte er aufs Straßenpflaster.

»Und, Julius? Ist sie eine, die an deiner Seite die Pferdeäpfel wegkarrt?«

»Wer? Adele?«

»Egal, wer. Überlege dir gut, was du nun tust.«

Das Leben schien in ihn zurückzufließen, seine Erstarrung löste sich. Bentheim sah auf, wobei ein entschlossener Zug über sein Gesicht huschte.

»Rasch! Ich brauche ein Pferd!«, entschied er und eilte auf einen berittenen Herrn zu, der soeben aus einer Seitengasse gebogen kam. Es war ein Kaufmann, edel herausgeputzt, und er trug einen Zweispitzhut, an dem eine Pfauenfeder befestigt war. Bentheim fasste dem Pferd energisch in die Zügel. Albrecht, der seinem Freund gefolgt war, schaute sich den Unbekannten genauer an.

»Ich kenne Sie doch!«, entfuhr es ihm überrascht.

»Mir is dit schnuppe. Nu plusta dir ma nich so uff! Schade, dit Ihre Frau keene Witwe is«, empörte sich der Mann.

»Doch, doch, wir kennen uns, wir hatten bereits das Vergnügen. Im Sommer war's. Da haben Sie meinem Freund Ihr Pferd geliehen und wir sind dann zusammen was trinken gegangen.«

»Nachtijall, ick hör dir trapsen. Jo, dir Aas kenn ick«, meinte der Kaufmann, sich am Kopf kratzend, und sein Gesicht hellte sich allmählich auf. Erfreut stieg er ab. »Da stiefelste durch de janze Botanik und triffste mir wieder, wat?«

»Genau! Und wissen Sie was! Ich lade Sie nochmals ein! Sie haben doch Zeit, oder? Da drüben ist ein Gasthaus.«

Mit glänzenden Augen lächelte der Mann, als er meinte: »Nüscht wie hin!«

Julius Bentheim gab dem Pferd indes die Sporen. Krosick brüllte ihm ein paar aufmunternde Sätze nach, aber der Tatortzeichner war zu aufgeregt, um sie noch zu vernehmen, geschweige denn ihren Wortlaut zu verstehen. Er preschte davon, schonte weder sich noch das Tier. Einmal übersprangen Ross und Reiter ein Mäuerchen, ein anderes Mal gelang es dem Gehetzten im letzten Augenblick, einer Spaziergängerin auszuweichen. Ein Sturm an Leidenschaften fegte über sein Antlitz.

Fiebrig, mit schweißgetränkter Stirn, bog er endlich in die Straße ein, in welcher das Heim des Pastors stand. Das Dröhnen der Hufe hallte von den Mauern der Bürgerhäuser zurück. Nicht unweit von seinem Ziel schwang sich Bentheim aus dem Sattel und band das schnaubende Tier an einem Baumstamm fest. Kurz blickte er zur ersten Etage, wo sich das Arbeitszimmer des Pastors befand. Aber niemand war hinter den Fensterscheiben zu sehen. Der Rausch, der von ihm Besitz ergriffen hatte, verflog allmählich und Bentheim begriff, dass er vor einem bedeutenden Schritt in seinem Leben stand, als er auf die Haustür zusteuerte. Langsam umschlossen seine Finger die Klingelschnur und zogen daran.

Sekunden verstrichen, in denen nichts geschah.

Bentheim klingelte erneut. Ihm war, als hörte er Schritte, zwar dumpf, aber eindeutig sich nähernd. Die Tür wurde entriegelt, und als sie aufschwang, sah sich der Student jäh der hageren Figur des Pastors gegenüber, die einem Gerippe nicht unähnlich war. Ein bleicher Schädel starrte ihn mit großen Augen an. Sternberg, der für einmal keine Dienstkleidung trug, trat aus dem Halbdunkel seiner Wohnung, indem er erst den einen, dann den anderen Fuß über die Schwelle setzte. Angesichts des blendenden Tageslichts blinzelte er schmerzlich. Das ferne Rollen einiger Wagen füllte die Stille, die zwischen den beiden Männern herrschte.

Sie musterten sich wie zwei Duellanten.

»Mir scheint, Sie sind gekommen, Ihre Braut zu sehen«, brach der Pastor endlich sein Schweigen.

»Wo ist sie?«

»Sie ist hier, bei mir.«

Sternbergs Stimme war heiser, beinah brüchig. Er ist alt geworden, dachte Julius. Richtig alt und eingefallen.

»Lassen Sie mich eintreten?«, bat er forsch.

Wortlos trat der Pastor beiseite. Vor wenigen Monaten noch war Julius in dem Gebäude mehrmals in der Woche ein und aus gegangen. Das alte Fräulein Hedwig Lembke war damals als Haushälterin angestellt gewesen. Jetzt war ihre Abwesenheit deutlich zu spüren. Unter den Garderobenmöbeln flockte der Staub, die Mäntel des Priesters hingen zerknittert an den Haken. Am Ende des Ganges sah Bentheim die zweiflügige Tür, die in den Garten führte, wo sich ein schattiger

Hort mit Laube, Zierteich und bepflanzten Böschungen befand. Eine Woge der Erinnerung, ein Aufblitzen von Bildern aus glücklicheren Tagen, schwappte über ihn hinweg. Dort draußen hatte er angenehme Stunden verbracht. Filine und er hatten gelesen, geredet oder sich einfach nur angeschwiegen, wie junge Verliebte dies zuweilen tun. Die Laube war ihr biedermeierlicher Locus amoenus, ihr lieblicher, idyllischer Ort, gewesen.

Als der Tatortzeichner die Treppe, die nach oben führte, erreicht und nach dem Geländer gegriffen hatte, blieb er stehen. Sternberg hatte ihm etwas zugerufen. Ein Zittern fuhr durch die Glieder des älteren Mannes.

»Wie bitte?«, meinte Julius verwirrt.

»Ich habe gefragt, ob du mir verzeihen kannst«, wiederholte der Pastor.

»Sie fragen mich, ob ich Ihnen verzeihen kann? Nachdem Sie mir auflauerten und mich verprügeln ließen? Ihre christliche Bigotterie möchte ich haben! Wasser predigen und Wein trinken.«

»Bitte, Julius.«

»Für Sie wieder: Herr Bentheim.«

»Bitte, so hör doch. Um Filines willen bitte ich dich.«

Julius musterte ihn scharf. Die verschiedenartigsten Empfindungen malten sich auf dem Gesicht des Hausherrn: Gram und Hilflosigkeit, sogar physischer Widerwille gegenüber dem Besucher, aber auch eine unerklärliche Angst, die in seinen traurigen Augen aufleuchtete. Wie das Scharren der Ratten auf einem öden Dachboden nistete sich ein Gedanke in Julius' Gehirn ein. Weshalb dieser Kummer? Was war geschehen? Welches Schicksal hatte dieses Haus und alle, die unter seinem Dach wohnten, heimgesucht?

Der Student holte tief Atem, bevor er leise fragte: »Wo ist sie, Herr Pastor? Darf ich zu ihr?«

Immer noch auf dem freundschaftlichen Du beharrend, gab Sternberg Antwort: »Gleich, mein Sohn, gleich. Es gibt da etwas, was ich dir vorher sagen muss ...«

Siebenundzwanzigstes Kapitel

DAS GEHEIMNIS, das Gottfried Sternberg dem Studenten offenbarte, begann unverzüglich an Bentheims Seele zu nagen. Im Schrecken – und ohne seine Filine angetroffen zu haben – verließ der Student das Haus des Pastors, und noch im Morgengrauen gelang es ihm, Albrecht Krosick und die Witwe Losch aus dem Schlaf zu trommeln und sie zu überreden, ihn in dringender Angelegenheit zu begleiten.

»Verrate uns, was los ist«, bat Albrecht seinen Freund, als sie nebeneinander durch den kalten Berliner Februarmorgen schritten.

Doch Bentheim blieb stumm.

Amalia Losch, die lebenserfahrene alte Frau, zupfte an Krosicks Ärmel und schüttelte den Kopf, als dieser sie unwirsch ansah. Sie wusste, dass Julius sein Herz nicht vor den eigenen Nöten verschlossen hielt und sie beizeiten daran teilhaben ließ. Der Moment war noch nicht gekommen, und so folgten sie ihrem Freund bis zur Matthäikirche. Spätestens dort ahnten die beiden, wohin sie der weitere Weg führen würde.

Noch bevor sie an die Tür des Hauses Sternberg klopfen konnten, wurde ihnen geöffnet. Der Pastor, der sich inzwischen seine schwarze Amtstracht übergeworfen hatte, bat seine Gäste herein. Ratlos kamen Albrecht und Amalia der Aufforderung nach. Eine trostlose, kalte Atmosphäre beherrschte das Gebäude. Was dem alten Sternberg entgangen war, bemerkte Amalia Losch: Hier fehlte die fürsorgliche Hand einer Frau, die einen Haushalt zu führen imstande war. Alles war verkommen und schmuddelig.

Indem er zwei vertrauenswürdige Freunde mitbrachte, hatte Bentheim eine Forderung des Pastors erfüllt. Dennoch kam er sich unaufrichtig vor. Er wusste, was Sternberg von ihm erwartete, welches Opfer er ihm abverlangen würde, doch alles, woran er in diesem Moment dachte, war der Wunsch, Filines weichen, nackten Körper auf einem Bett ausgebreitet liegen zu sehen, während ihr blondes Haar – das lange, volle Haupthaar und nicht das geschorene – über die Kissen quoll. Als die Vorstellung vor seinem inneren

Auge verschwamm und die Haare der Frau dunkler und ihre Brüste zugleich fülliger wurden, empfand er das ungute Gefühl, sich schamlosen Gedanken hingegeben zu haben. Mit Mühe verdrängte er das Bild der fraulicheren Adele, das sich vor jenes der kindlichen Filine geschoben hatte.

»Haben Sie alles vorbereitet, Herr Pastor?«

»Oben«, erwiderte dieser wortkarg. »In meinem Arbeitszimmer. Sie wartet auf dich, mein Sohn.«

»Folgt mir«, bat Julius seine Freunde.

Amalia ahnte, wie eigentümlich dieser Morgen ausgehen sollte, und sie begriff, dass alles, was Bentheims Ruf in der Gesellschaft ausmachte, hier und jetzt auf dem Spiel stand. Sie mochte diesen Jungen, der bisweilen so ernst und nachdenklich war – das pure Gegenteil des lebensfrohen Albrecht. Entschieden nahm sie die erste Treppenstufe.

Sie betraten jenen Raum, der über der Eingangsdiele lag und dessen Fenster auf die Straße zeigten. Die beiseitegeschobenen Gardinen gewährten dem anbrechenden Tageslicht Eintritt. Hier also war der Ort, wo Sternberg religiöse Traktate las und sich seiner Abfassung der Lebensbeschreibung des Heiligen Thomas widmete. Das Studierzimmer war karg eingerichtet. Vor dem Fenstersims waren vier Stühle platziert, von denen Julius wusste, dass sie aus der Küche stammten. In einer Ecke stand ein wuchtiger Schreibtisch, dessen Platte völlig aufgeräumt und geordnet war, was ihn aufgrund seiner Größe schmucklos wirken ließ. Ein rascher Blick auf die Tischbeine genügte, um festzustellen, dass mehrere Bücher und Folianten in aller Hast am Boden deponiert worden waren. Eine bei den Preußen beliebte gusseiserne Kopie der berühmten Warwick-Vase, in der einige halb verwelkte Rosen steckten, zierte den Tisch.

Auf dem Stuhl dahinter saß eine verschleierte Frau. Sie trug ein einfaches graues Alltagskleid und hustete, als die drei eintraten. Ihre Erscheinung war schlicht und unscheinbar, und als sie ihren Stuhl nach hinten rückte, um sich zu erheben, schwankte sie einen Moment. Filine Sternberg hielt sich so stark an der Tischkante fest, dass die Knöchel ihrer Hände weiß hervortraten. Sie straffte ihr Kleid, indem sie den Faltenwurf mit den Fingern bändigte, und stand dann aufrecht da. In diesem Moment, als Krosick die leichte Wölbung ihres Bauches erkannte, entfuhr ihm ein Ausruf der Überraschung.

»Guten Morgen, Albrecht«, sagte Filine mit freundlicher, leiser Stimme, nachdem sie den Schleier hochgeschlagen hatte, »und auch Ihnen einen guten Morgen, Frau Losch.«

Bentheim drängte sich zwischen ihnen hindurch. Langsam ging er auf Filine zu und ihr Gesicht leuchtete vor Verzückung. An ihrer Miene erkannte man, dass sie bis vor Kurzem noch unsicher gewesen war, ob er überhaupt je zurückkommen würde. Er hatte sie nicht enttäuscht, und das war es, was zählte. Der Tatortzeichner, der sie so lange nicht gesehen hatte, wollte sie auf den Mund küssen, doch ein Räuspern des Pastors hielt ihn davon ab und er sah ein, dass er damit gegen die Anstandsregeln verstoßen hätte. Es war absurd, denn in wenigen Minuten würde er dies ohnehin tun dürfen, ohne jemand um Erlaubnis zu bitten.

Der Pastor trat ans Fenster und schob die Stühle vor den Tisch.

»Bitte, mein Kind.«

Filine nahm Platz. Julius setzte sich ebenfalls, sodass rechts und links neben ihnen je ein Stuhl frei blieb. Ohne dazu aufgefordert zu werden, gesellte sich Albrecht zu seinem Freund, während sich Amalia neben Filine niederließ und ihr aufmunternd die Hand tätschelte. Gottfried Sternberg schritt um das ausladende Möbel und setzte sich ebenfalls.

Er bedachte das Paar mit einem würdevollen Blick und meinte ernst: »Es ist meine Pflicht vor Gott, dem Herrn, euch beide auf die bindende Natur des Ehegelöbnisses aufmerksam zu machen. Julius, kannst du einen Beleg deiner Identität vorweisen? Eine Geburtsurkunde etwa?«

Irritiert blickte Bentheim zuerst den Pastor, dann Filine an. Viel zu schnell, viel zu unbedacht und planlos kam diese Trauung zustande.

»Ich glaube, es genügt, wenn wir für ihn bürgen«, meldete sich Albrecht zu Wort. »Irgendwelche Familiendokumente werden sich gewiss auch nachträglich finden lassen. Oder bereitet das Probleme?«

Sternberg schüttelte den Kopf und fuhr fort: »Des Protokolls wegen muss ich die Trauzeugen an dieser Stelle fragen, ob sie volljährig sind. Herr Krosick, bitte!«

»Ja, volljährig.«

»Und Sie, werte Dame?« Er sah die Witwe an. »Es tut mir aufrichtig leid, in der Aufregung haben wir uns einander gar nicht vorgestellt.«

»Es sei verziehen«, antwortete sie trocken. »Amalia Losch. Wohl so seit vier, fünf Jahren volljährig.«

Ein Lächeln huschte über das Gesicht des Pastors, und dies war es, was der kuriosen Situation mit einem Mal die Strenge nahm.

»Du, Julius, bist volljährig, und was Filine angeht, so kann ich in meiner Funktion als Pastor darauf zählen, dass sie den vor Gott und dem weltlichen Gesetz gültigen Segen ihres Vaters hat. Zudem seid ihr preußische Staatsangehörige und wart noch nie verheiratet. Nun denn, Julius, sprich das Gelöbnis.«

Er schob ein Blatt Papier über die Tischplatte, damit der Tatortzeichner danach greifen konnte. Andächtig, mit zitternder Stimme, las er ab: »Ich, Julius Bentheim, nehme dich, Filine Sternberg, vor den hier anwesenden Zeugen zu meinem rechtmäßig angetrauten Weibe. Ich werde dich lieben und achten, dich alle Tage meines Lebens ehren, in guten wie in schlechten Zeiten, in Gesundheit und Krankheit, jetzt und immerdar.«

Er reichte Filine den Zettel. Ihre Stimme war fester als seine, wenn auch nicht weniger ergriffen: »Ich, Filine Sternberg, nehme dich, Julius Bentheim, vor den hier anwesenden Zeugen zu meinem rechtmäßig angetrauten Gatten. Ich werde dich lieben und achten, dich alle Tage meines Lebens ehren, in guten wie in schlechten Zeiten, in Gesundheit und Krankheit, jetzt und immerdar.«

Amalia Losch lauschte gerührt den Worten des jungen Paares und vermochte die Stürme der Leidenschaften, die im Innern der Brautleute tobten, nicht in ihrer Gänze zu erahnen, als der Pastor fragte: »Möchtest du, Julius, die hier anwesende Filine Sternberg zum Weibe nehmen?«

»Ja.«

»Möchtest du, Filine, den hier anwesenden Julius Bentheim zum Gatten nehmen?«

»Ja.«

»Den Ring bitte, Julius.«

Erschrocken blickte der Tatortzeichner ihn an. Bei all der Hektik, die sich seit dem Gespräch mit Pastor Sternberg entfaltet hatte, war ihm zu keiner Sekunde eingefallen, einen Ehering zu besorgen. Eine Bestürzung, unversehens und allgewaltig, zerrte an ihm wie die Hände einer Höllenbrut, die ihn in ein dunkles Loch ziehen wollten. Er stammelte etwas Unverständliches, worauf Amalia brüsk aufstand, ans Fenster trat und an den leichten, gehäkelten Gardinen riss, bis sich die Stange aus der Verankerung löste. Mit einer sorglosen Nachlässigkeit ließ sie den Stoff zu Boden flattern, während mehrere Gardinenringe in ihre Hand kullerten. Sie löste die Klemmen und Haken ab und reichte Bentheim zwei Ringe.

Zitternd ließ er einen über Filines Finger gleiten. Er passte nicht, denn er war viel zu weit, aber ihre Augen leuchteten, und unwillkürlich streichelte sie mit ihrer anderen Hand den Bauch. Als auch Julius seinen Ring trug, legte der Pastor den Trauzeugen ein Dokument zur Unterschrift vor. Tintenfässchen, Federhalter und eine Auswahl an Schreibfedern standen bereit.

Albrecht Krosick entschied sich für eine Spaltfeder. Ihre getrennte Mitte, mit der beim Schreiben zwei Striche gleichzeitig erzeugt werden konnten, fand er passend für den Anlass: Eine Zierschrift musste es sein. Er schraubte die Feder an den Kiel, tauchte sie in die Tinte und setzte schwungvoll seinen Namen unter das Dokument. Danach unterschrieb auch die Witwe Losch.

»Das Datum fehlt«, bemerkte sie spitz.

»Ich weiß«, antwortete Gottfried Sternberg.

»Welchen Tag haben wir denn, wenn ich fragen darf?«

»Einigen wir uns auf den 1. August 1865?«

Die Trauzeugen nickten, und der Pastor meinte, mit mildem Blick auf Julius und seine Tochter: »Hiermit erkläre ich euch zu rechtmäßig verbundenen Eheleuten. Ihr seid jetzt Mann und Frau.«

Achtundzwanzigstes Kapitel

IN DEN TAGEN, die der Trauung folgten, zogen Julius und Filine – das »glückliche Ehepaar Bentheim«, wie sie von allen gerufen wurden – zusammen. Amalia Losch zeigte Herz, als sie vorschlug, die geräumige Rumpelkammer, die an Bentheims Studentenzimmer anschloss, zu leeren und die Wand durchbrechen zu lassen. Zu Filines Erstaunen wurde sie von der kinderlosen Alten umsorgt, als ob sie die eigene Tochter wäre. Die Witwe überwachte die Bauarbeiten im Haus, gab dem Zimmermann Instruktionen und wählte die Farbe der Tapete aus, mit welcher das neue Heim der Vermählten ausgestattet wurde.

»Amalia ist so ganz anders als die vornehmen Damen aus Papas Kirchsprengel«, sagte Filine eines Abends, als sie neben Julius lag. Ihre Augen schweiften im Zimmer umher, das noch immer einer unaufgeräumten Baustelle glich. »Wenn die wüssten, dass ich unehelich schwanger wurde, gäbe es ein Getuschel, das zu einem Orkan der Entrüstung aufbrausen würde. Alles, was für sie zählt, sind Sitte und Moral. Amalia hingegen kennt unsere Schicksalsfügung und trotzdem unterstützt sie uns, wo immer sie kann. Sie ist ein Engel. Sie weiß, dass man keine Belehrungen oder erhobene Zeigefinger braucht, sondern praktische Hilfe.«

Sie hustete wieder, und Julius zog die wärmende Decke ein wenig höher.

»Von deinem Vater kann man das nicht gerade behaupten«, meinte er ernst. Es kam vor, dass sie den Pastor tagelang nicht sahen, bis er unverhofft wieder vorbeischaute. Es mochten wohl Anstandsbesuche sein, denn nie erkundigte er sich eindringlich nach dem Befinden seiner Tochter. Einmal betrachtete er lange und sinnend den Bauch, in dem sein Enkelkind die ersten spürbaren Bewegungen tat, und bekreuzigte sich. »Für ihn und vor Gottes Gericht wird das Kind wohl immer ein Bastard sein.«

»Für ihn vielleicht«, entgegnete Filine, »aber gewiss nicht für Gott.«

»Doch, für beide«, murmelte Julius.

»Papa hat auch seine guten Seiten. Ich habe mit ihm gesprochen, und weißt du, was er gesagt hat?« Julius antwortete nicht, also fuhr sie fort: »Neulich hat er wieder die ›Neue Heloise‹ gelesen. Rousseau schreibt darin einen Brief für und einen Brief gegen das Duell. Papa hat das abgewandelt und ein Traktat für und eines gegen das Mitleid mit gefallenen Mädchen geschrieben. Ich glaube, in seinem Innern liefern sich Herz und Pflichtgefühl einen erbitterten Kampf. Und das tut es wohl auch in dir.«

Bentheim hob den Kopf.

»Wie meinst du das?«

»Ich bin nicht blind, Julius. Und ich lese gern, wie du weißt. Wenn du mit Albrecht fürs neue Semester lernst oder mit ihm was trinken gehst, stöbere ich durch deine Bibliothek. In einem deiner Bücher steckt ein Lesezeichen mit einer Brosche dran.«

»Ach herrje …«

»Ja, Julius, ach herrje. Etwas anderes fällt dir nicht ein? Ich weiß, wer sie ist. Frau Losch ist eine einfühlsame Zimmerwirtin, man kann gut mir ihr reden. Sie hört zu, zeigt Verständnis und erklärt einem bisweilen, wie das Wesen der Männer geartet ist.«

Sie streichelte ihm über die Wange und war kurz davor, in Tränen auszubrechen.

»Ich werde es in Ordnung bringen«, stammelte er. »Wir sind jetzt Mann und Frau.«

»Tu das …«

Sie wollte noch etwas hinzufügen, aber ihr Schluchzen verschluckte die Silben.

Vier Tage ließ sich Julius Bentheim Zeit, bis er sich bereit fühlte, Adele Bredow aufzusuchen. Lange hatte er diese Begegnung hinausgezögert, aber das denkbar Schlimmste, die Entdeckung ihrer Liebschaft durch Filine, war eingetroffen und hatte seinen Schrecken verloren. Ein halbe Stunde schritt er vor dem Mietshaus auf und ab, bevor er sich überwand, das Treppenhaus zu betreten. Adeles Stimme fragte nach dem Besucher, als er an ihre Tür klopfte.

»Ich bin es. Julius.«

Sie öffnete, um ihn einzulassen, wobei sie nichts weiter trug als ihren Unterrock sowie ein lose anliegendes Mieder, das nicht zugeschnürt war. Deutlich waren die Spitzen ihrer Brüste darunter zu erkennen. Julius schob hinter sich den Riegel zu und Adele legte ihm sogleich die Arme um den Hals. Ihre Lippen berührten die seinen. Er wollte protestieren, ließ es aber geschehen. Noch einmal, ein letztes Mal, wollte er die samtig feine Haut ihres Körpers fühlen. Er löste ihren Unterrock, umschloss ihre rechte Brustwarze mit dem Mund und saugte daran. Sie warf den Kopf zurück, sodass ihre langen nussbraunen Haare wie Seide seine Hände streiften. Erst als ihre Hand im Begriff war, in seine Hose zu fahren, kam er zur Besinnung.

Sacht stieß er sie von sich.

»Warte, Adele.«

»Willst du ins Schlafzimmer gehen?«

»Nein, Adele. Es ist etwas anderes.«

Sie trat einige Schritte zurück, betrachtete ihn nachdenklich, und ging dann, ohne ein Wort zu verlieren, in die Küche, wo sie sich Tee aufbrühte. Vielleicht möchte sie Zeit gewinnen, dachte Julius, beklommen abwartend, was geschehen würde. Zwei Tassen schenkte sie ein, ließ sie jedoch unberührt auf der Anrichte stehen und wandte sich wieder ihrem Besucher zu. Sie sprach kein Wort. Julius wurde schmerzlich bewusst, dass er an der Reihe war, etwas zu sagen. Die Situation war unangenehm, zumal es ihr nichts auszumachen schien, dass ihr Oberkörper unbekleidet war. Sein Gesicht war düster, aber sein Blick ruhte auf ihren nackten Brüsten und Adele ahnte, dass dies nicht aus Lüsternheit, sondern aus seiner Verlegenheit geschah, ihr bald etwas offenbaren zu müssen.

»Sag schon, was los ist«, meinte sie endlich. »Ich kann's verkraften.«

Wie erklärt man einer geliebten Person das Unvermeidliche? Wie erträgt man den Gedanken, ihr wehzutun? Julius zog es das Herz zusammen, als er sich die Worte sagen hörte: »Wir müssen uns trennen.«

»Gut.«

»Gut?«

Bentheim fühlte sich hundeelend. Sein Drang, weder Adele noch Filine zu verletzen, machte alles noch schlimmer, und dies war nicht die Reaktion, die er erwartet hatte. Nur zu gern hätte er dieser Frau eine letzte Nacht voller Seligkeit geschenkt, in der sie alle Sorgen verscheuchten und er sich in ihrem warmen Körper vergrub. Doch die Realität holte ihn ins Leben zurück.

»Ja, Julius, es ist in Ordnung. Was erwartest du von mir?«

»Zorn«, sagte er leise. »Oder auch Verachtung. Wut. Hass.«

»Wieso?«

Ihre Worte trafen ihn unvermittelt.

»Weil ich dich kränke, Adele. Mein Verhalten wirft kein gutes Licht auf mich, und du hast allen Grund, mich zu hassen. Ich würde es verstehen.«

Sie hob eine Tasse zum Mund. Längere Zeit blies sie nachdenklich hinein, um den heißen Tee zu kühlen, und mit einem Lächeln, das er als wohlwollend empfand, meinte sie: »Jede geschäftliche Vereinbarung geht einmal zu Ende, mein Schatz. Das ist der Lauf der Dinge.«

»Ich verstehe nicht.«

Bis auf einen flüchtigen Schatten, der sich kurzfristig über ihr Gesicht legte, blieb sie ungerührt.

»Du weißt es also nicht«, stellte sie fest.

»Was weiß ich nicht?«

Eine Ahnung kroch in ihm hoch, als er an ihre erste Begegnung dachte. Für Moritz Bissing hatte er sie nackt gemalt. Ohne Scheu oder Gehemmtheit hatte sie sich ihm dargeboten, die Beine gespreizt, mit lüsternem Gesichtsausdruck und sinnlicher Ausstrahlung. Wut und die angstvolle Aussicht, mit seiner Vermutung recht zu behalten, krallten sich in ihm fest, und Julius kam sich so dumm vor, weil er seinen Instinkten nicht getraut hatte.

»Ach, Jungchen, du musst noch viel lernen in dieser Welt«, lachte sie auf. »Dachtest du tatsächlich, dass ich keine Hure bin?«

»Du hast doch selbst gesagt, dass du keine seist!«

»Erinnere dich, Julius: Ich habe lediglich gesagt, dass ich selbst entscheide, ob mich jemand anfasst oder nicht. Huren schlafen mit allen, während eine Kurtisane sich ihre Liebhaber aussuchen kann, und ich mag dich, Julius. Es gefällt mir, mit dir das Bett zu teilen. Und schau dich einmal um! Hast du tatsächlich geglaubt, all dies hier hätte ich als erotisches Modell für Maler und Fotografen erarbeitet? Wach auf, Schatz!«

»Aber ich habe dich niemals bezahlt!«

»Du doch nicht.«

»Aber wer dann?« Kaum hatte die Frage seine Lippen verlassen, da traf ihn die Erkenntnis wie ein Hammerschlag. Bevor seine Selbstsicherheit mehr und mehr dahinschwand, reckte er trotzig das Kinn empor und wandte sich zum Gehen. »Ich hoffe, es sind keine Rechnungen mehr offen, Fräulein Bredow«, sagte er noch, bevor ihm vor Enttäuschung die Stimme brach, und ließ die Tür krachend ins Schloss fallen.

»Herrgott, Albrecht! Welcher Teufel hat dich geritten?«

Krosick machte eine Miene, die einer Mischung aus Unverständnis und Uneinsichtigkeit gleichkam. Er saß Julius in einer Nische jener Kneipe gegenüber, die im Volksmund als ›Bierstübchen hinter dem Glockenspiel‹ bekannt war. Das Gasthaus, ein Treffpunkt der Selcher und Fleischhacker, war direkt an die mittelalterliche Stadtmauer angebaut, und Albrecht lehnte mit dem Rücken entspannt an das historische Überbleibsel. Auf der Straße trieben die Fleischer lautstark ihr Vieh zur Schlachtung zusammen, um es noch vor Ort abzustechen und zu zerteilen, während Julius drinnen sich in Rage redete.

»Was hast du dir bloß dabei gedacht?«

Albrecht schwieg so lange, bis er spürte, dass die Spannung ein wenig von seinem Freund abfiel. Mit einem müden Grinsen meinte er dann: »Ignatius von

Loyola hat mit allen Frauen geschlafen, mit denen er schlafen konnte. Er wurde sogar heiliggesprochen, Julius. Ob just für diese Verdienste, weiß ich nicht, aber zumindest war es nicht hinderlich auf dem Weg zur Heiligsprechung. Eifern wir ihm also nach, auf dass uns die Katholiken künftiger Jahrhunderte ehren und lobpreisen!«

»Muss alles für dich ein Scherz sein?«

»Nein, aber du warst zu Tode betrübt. Und Freunde helfen einander, wenn einer von ihnen unglücklich ist. Du hattest eine Frau verloren. Alles, was du in diesem Moment brauchtest, war eine Frau. Gift bekämpft man mit Gift. Nichts hilft über Liebeskummer so gut hinweg wie eine neue Liebe.«

Julius' Gedanken kehrten zu seiner ersten Nacht mit Adele zurück, die so leidenschaftlich gewesen war wie keine zuvor in seinem Leben. Nicht einmal jene mit Filine. Die Bredow war eine Frau, die für Geschlechtsverkehr bezahlt wurde, und Bentheims Erinnerung daran erschien ihm auf einmal umso beschämender und abstoßender. Und dennoch, allen moralischen Einwänden zum Trotz, huschte ein verklärter Blick über sein Gesicht.

Albrecht schien seine Gedanken zu erraten.

»Sag schon: War sie ihr Geld wenigstens wert?«

Nun grinste Bentheim sogar.

»Jeden Pfennig.«

Neunundzwanzigstes Kapitel

Während Julius Bentheim und Gottfried Sternbergs Tochter miteinander vermählt worden waren, hatte sich Karl Otto von Leps, der Untersuchungsrichter im Fall Birkholz, mit der Causa Falkenhayn befasst. Es brauchte wenig Überzeugungskraft, ihn die Verwahrung des Barons verlängern zu lassen: Niemand sollte sich im Nachhinein beschweren können, nicht ausreichend Zeit für eine offizielle Anklageerhebung erhalten zu haben. Inzwischen hatte auch Gideon Horlitz Anweisung gegeben, Falkenhayn rund um die Uhr zu bewachen. Zwei Gendarmen beorderte er abwechslungsweise zu diesem Dienst ab, doch es dauerte nicht einmal drei Wochen, bis der Baron eine Unachtsamkeit seines Bewachers zu nutzen wusste.

Sich schlafend stellend – der eine Arm hing auf den Boden herab –, lag der Gefangene auf seinem Stahlbett und gab Schnarchgeräusche von sich. Der Polizist wandte den Kopf ab, um im Licht einer Tranfunzel besser lesen zu können. Langsam, ganz darauf bedacht, keinen Laut von sich zu geben, drehte Falkenhayn an den Schraubenzugfedern, die an der Unterseite des Bettes eingehakt waren. Da sie an den Ösen rieben, schnarchte der Baron umso lauter, sobald sein Bewacher den Kopf drehte. Eine Handvoll davon zog er schließlich unter die Decke, wo er die Drähte auseinanderzog, krümmte und brach. Spitz waren diese

Metallteile und gebogen, sie drohten seine Hand zu zerstechen, sodass er sie im Überzug seines Kissens versteckte.

Diese Gruft, in die man ihn gesteckt hatte, diese Gruft mit den soliden Mauern und eisernen Gitterstäben, hatte bereits viele Seelen schaudern lassen. Manch schweigsamer Schurke war in den Tiefen des Palais Grumbkow zum schreienden Kleinkind geworden, als sich die schreckliche Ahnung in ihn hineinfraß, nie wieder das Sonnenlicht zu sehen und ins Zellengefängnis Lehrter Straße in Moabit oder in ein Zwangsarbeitshaus gesteckt zu werden. Diesem Schicksal würde er entgehen, das wusste der Baron bestimmt.

Am Morgen, als das Frühstück von der Ablöse gebracht wurde – ein derber Napf mit einer noch derberen Kost darinnen –, verlangte Valentin von Falkenhayn nach einem zusätzlichen Glas Wasser. Missmutig brummte der Polizist, der Dienstschluss hatte: »Is ja jut. Machen Se nicht so ville Wind mit Ihr kurzet Hemde. Ick hab ja'n Jemüt wie'n Schaukelpferd. Det Wasser kommt schon.«

Der Baron bedankte sich. Sein Essen rührte er nicht an, sondern blieb auf der Pritsche sitzen, bis man ihm das zweite Glas Wasser durch die Gitterstäbe reichte. Darauf ging er in die Knie, fingerte behände die Metalldrähte aus dem Kissen, nahm sie in den Mund und schluckte sie hinunter. Mit einer einzigen fein geschwungenen Bewegung tat er dies, warf das leere Glas sogleich auf den steinernen Boden, sammelte einige der Scherben auf und schluckte auch sie – zuerst die kleineren, dann die größeren. Diesmal spülte er mit dem zweiten Wasserglas nach.

Alles ging so schnell vonstatten, dass die Polizisten nicht mehr rechtzeitig dazukamen, den Zellenschlüssel ins Schlüsselloch zu stecken. Valentin von Falkenhayn, der verliebte traurige Baron, der seiner Geliebten in eine glücklichere Welt nachfolgen wollte, bot einen schrecklichen Anblick. Seine Mundpartie war blutverschmiert, zerschnitten von den Splittern. Die Hälfte seiner Zunge hing zwischen den Lippen heraus. Er bleckte die Zähne, als könnte er nicht ausreichend nach Atem schnappen, und begann zu husten. Sein Gesicht war totenbleich und in seiner Kehle rasselte die Luft. Es klang, als würde man eine Kiste voller Nägel schütteln. Er brachte es gerade noch fertig, ein paar weitere Scherben vom Boden aufzuheben und in den Mund zu stecken, als es den Wachen endlich gelang, die Zellentür aufzustoßen. Trotz seines Hustens lächelte der Baron sie melancholisch an und verwischte mit dem Handrücken das Blut auf seinen Wangen.

»Sie haben … Ihr Bestes getan, meine … Herren«, wandte er sich an die Gendarmen, wobei ihm das Sprechen offensichtlich Probleme bereitete. »Grämen … Sie … sich nicht. Einen Lebensmüden … kann man … nicht aufhalten. Wie sagte schon Shakespeare? … ›Es ist Albernheit … zu leben, wenn das Leben … eine Qual wird.‹ … Ich stelle Ihnen … ein gutes Zeugnis aus. … Sie beide … haben Ihr Dienstsoll erfüllt.«

Noch immer auf den Knien kauernd, erhob er sich nun, leicht schwankend, und reichte dem einen Mann die Hand. Verdutzt ergriff dieser sie, reagierte aber sogleich geistesgegenwärtig, indem er seinen Kollegen einen Arzt holen schickte. Die Wangen des Barons schienen einzufallen, ein rosafarbener Speichelfaden löste sich aus seinem Mundwinkel und tropfte auf sein Hemd. Als seine Beine nachgaben, bettete ihn der Polizist auf die Pritsche.

Der Selbstmörder erweckte den Eindruck, als sei er durch die tiefsten Abgründe der Hölle gegangen. Minuten verstrichen, in denen er beinah reglos auf der Matratze lag und die Decke anstarrte. Als der Doktor erschien und ihn untersuchte, lächelte er matt. Der Arzt, ein ungewöhnlich junger Mann mit Adlernase und kurz geschorenem Haar, legte dem Baron, der seine Bewegungen mit undurchdringbarem Gesichtsausdruck und Augen ohne Tiefe verfolgte, die Hand auf die Stirn. Mit der anderen fasste er die Schulter des Verletzten an, um ihn in Seitenlage zu bringen. Einer Tasche entnahm er mehrere Tamponaden und Mullbinden unterschiedlichster Größe, packte hart und unerbittlich Valentin von Falkenhayns Kiefer, presste ihn auseinander und befingerte die Mundhöhle.

»Mehr Licht«, befahl er, worauf einer der Polizisten das Zahnrad im Brenner seiner Lampe drehte. Die Flamme wurde bläulich, dann rußte sie ein wenig, und endlich war die Luftzufuhr korrekt eingestellt. Der Arzt ließ die Mundpartie beleuchten, während er mit einer Extraktionszange aus korrosionsarmem Stahl daranging, vier Schraubenfedernstücke aus dem Fleisch zu pulen, deren Enden sich dort verfangen hatten. Danach platzierte er die Verbandstoffe um die Zunge herum.

»Holen Sie eine Trage!«, sagte er schließlich an die Polizisten gewandt und erhob sich. »Dieser Mann muss ins Krankenhaus.«

»Dieser Mann ist Gefangener.«

»Er stirbt vielleicht.«

Kaum hatte er dies gesagt, warf er einen Seitenblick auf den Baron. Der Patient jedoch zeigte keinerlei Regung und hielt die Augen geschlossen; sie rollten hinter den Lidern hin und her. Der angesprochene Gendarm nickte wortlos und entfernte sich, die Nachtlektüre seines Kollegen lag mit aufgeschlagenen Seiten auf dem Boden. Schweigend standen sich die in der Zelle verbliebenen Männer gegenüber und betrachteten den Verletzten. Das verschorfte Blut um Nase und Mund und an seinen Kleidern wirkte abstoßend. Keineswegs besaß Falkenhayn noch den Charme eines Mannes von Welt, sondern glich vielmehr dem Opfer einer Kneipenschlägerei. Wo seine Haut nicht besudelt worden war, erschien sie milchig weiß, und auch seine niedergeschlagenen Augen wirkten blind und leblos wie die einer Marmorstatue. Der Eindruck, den der versehrte Körper auf die Männer machte, war äußerst unangenehm, und der Polizist brach das Schweigen, indem er mit dem Kopf auf den Gefangenen deutete und fragte: »Wie geht es weiter mit ihm?«

»Er hat ein paar schlimme Tage vor sich. Qualvolle Tage.«

»Stirbt er?«

Erschrocken biss er sich auf die Lippe, als er sich Falkenhayns Schmerzen auszumalen versuchte.

»Ich sehe Glassplitter am Boden«, bemerkte der Doktor, »und in seine Handballen waren Teile von Eisenfedern gespießt. Ich weiß also, was er geschluckt hat. Aber wie viel davon, das weiß ich nicht.«

»Es war viel zu viel«, antwortete der Polizist mit eindringlichem Flüstern.

Der Arzt nickte, meinte aber begütigend: »Der menschliche Darm besitzt eigentlich eine ganz besondere Eigenschaft, die ihn vor Verletzungen durch spitze oder scharfe Gegenstände schützt. Verschluckte Fischgräte, Knochensplitter und Ähnliches werden gedreht, sodass man sie mit dem stumpfen Ende voran ausscheidet. Aber bei Dutzenden von Scherben?« Er zuckte resigniert mit den Schultern. »In wenigen Stunden entscheidet sich, ob der Darm perforiert ist oder nicht. Falls sich sein Inhalt in die Bauchhöhle entleert, kommt es zu Entzündungen. Der Patient bekommt Fieber, die Herzfrequenz erhöht sich. Der Blutverlust führt zu Schocksymptomen und starken Bauchschmerzen. Der Kerl kann einem leidtun. Ich weiß nicht, was er verbrochen hat, dass er hier einsitzt, aber so einen Tod wünsche ich niemandem.«

Das Geräusch sich nähernder Schritte ließ sie ihre Unterhaltung abbrechen. Einige kräftige Gendarmen waren mit einer Tragbahre zu ihnen in den Keller hinabgestiegen und halfen nun, den Baron nach oben zu transportieren. Im Treppenhaus trat ihnen Gideon Horlitz entgegen, der sich – über die neuesten Entwicklungen in Kenntnis gesetzt – unverzüglich zum alten Zellentrakt aufgemacht hatte.

»Wird er durchkommen?«, wandte er sich energisch an den jungen Mann im Gefolge. Dieser war die einzige Person, die er nicht kannte, weshalb es sich bei ihm um den Arzt handeln musste.

Der Doktor zuckte mit den Schultern. »Diesmal vielleicht schon. Aber was probiert er als Nächstes?«

Horlitz gab den Weg frei, und die Gendarmen hievten den Baron wieder hoch. Stufe um Stufe trugen sie ihn hinauf in die Empfangshalle und ans Tageslicht. Eine Räderbahre erwartete ihn dort, um ihn in die Charité zu bringen, die ihm in den nächsten Tagen zur Gruft werden sollte und wo er wahrscheinlich sein Leben aushauchen würde. Der Arzt senkte beschämt den Kopf, als er darüber nachsann, ob es nicht besser wäre, Falkenhayn nicht jetzt schon in der Leichenhalle zur Ruhe zu betten …

Dreißigstes Kapitel

DIE TAGE ZOGEN VORÜBER und brachten eine Eintönigkeit mit sich, die Julius Bentheim gefiel. Zum ersten Mal seit Monaten war sein Tagesablauf wieder geregelt und seine Stunden strikt eingeteilt. Der März hielt Einzug, gefolgt von einem angenehm warmen April. Albrecht und Julius nahmen das Frühlingssemester in Angriff und belegten einige Seminare über die Preußische Justizreform und Advokatur unter Friedrich II. sowie Vorlesungen über die Carmersche Gesetzgebung. Sie lernten gemeinsam, erarbeiteten zusammen den Stoff und fragten sich gegenseitig ab.

Albrechts Liebe zum Abenteuer und seine starke Empfänglichkeit für die Reize der realen Kriminalistik hatten nachgelassen, seit er mit einem frisch vermählten Paar unter einem Dach wohnte – oder zumindest zeigte er sie nicht mehr offen. Seine Auffassung, dass jedes Wagnis im Leben eine Art Sport sei, schien fast verflogen. Wenn er sehnsüchtig aus dem Fenster sah, drückte ihm Filine kurzerhand ein Buch in die Hand – mal war es John William Polidoris ›Der Vampyr‹, mal Charles Brockden Browns ›Wieland oder Die Verwandlung‹ – und meinte: »Es ist weitaus respektabler, von Abenteuern zu lesen, als selbst in welche verwickelt zu werden. Merk dir das.«

Die Abende verbrachten die drei Freunde an Amalia Loschs Tafel. Die Witwe stellte ihre Menüfolgen um, da sie auf Filines Ernährung achtete, und zu Albrechts Missvergnügen tischte sie kein ungekochtes Fleisch mehr auf und auch keinen Alkohol. Selbst die obligate Zigarre, die sich die Studenten hin und wieder nach dem Mahl angezündet hatten, fiel Filines künftiger Mutterschaft zum Opfer.

»Für all diese Entbehrungen müsst ihr mich ohne Widerrede zum Patenonkel machen«, knurrte Albrecht.

»Seien Sie kein Brummbär, Herr Krosick. Bisher mussten Sie sich noch nie über meine Qualitäten als Hauswirtin beklagen.«

»Oje, sie hat es gesagt«, meinte Filine.

»Was habe ich gesagt?«

»Das schlimme Wort: Wirtin.«

»Richtig«, fiel es Krosick ein. Er legte die Stirn in Falten, als ob er angestrengt nachdächte, und meinte schließlich:

»Frau Wirtin hatte einen Vetter,
der ging nur aus bei schlechtem Wetter.
Er schämte sich für sein Gesicht
– die Nase glich 'ner Zwiebelknolle –,
'ne Schönheit war der wirklich nicht!«

Die Pastorentochter lachte vergnügt ob des Verses und streichelte ihren Bauch. Das letzte Trimester ihrer Schwangerschaft hatte begonnen, und nun machten sich ab und zu die ersten Schmerzen in der Lendengegend bemerkbar. Oft stand Filine bei Tisch auf, stellte die Füße parallel, ließ die Schultern locker, streckte den Hals und drückte das Becken nach hinten, damit der untere Teil des Rückens so gerade wie nur möglich war. Ihrer Kehle entrang sich dann meist ein Husten wie das Bellen eines kranken Hundes, aber das Nachwirken ihrer noch nicht ausgestandenen Lungenkrankheit empfand sie als das geringere Übel als die Beschwerden der Schwangerschaft.

Ihre Tage und Wochen verliefen in geregelten Bahnen, einzig unterbrochen von Billetts aus dem Palais Grumbkow. War Not am Mann, schickte Kommissar Horlitz stets einen Boten zu Albrecht und Julius, deren Fertigkeiten als Fotografen und Zeichner gefragt waren. Auch wenn ihn diese Aufgaben aus dem Alltagstrott rissen, nahm Julius sie immer an, da sie gutes Geld in die Familienkasse spülten. Mittlerweile drehte er jeden Reichstaler zweimal um, bevor er ihn ausgab, und er hatte seine eigenen Bedürfnisse hintangestellt, um stattdessen Lätzchen, Kleidchen, gummierte Hosen und Stoffwindeln zu erstehen.

Einmal wurden die Studenten an den Tatort eines Mordfalls gerufen, ein anderes Mal führte sie das Verbrechen ins Bank- und Handelshaus Splitgerber & Daum, wo ein Einbruch stattgefunden hatte. Und eines Morgens verkündeten die Zeitungen den zweiten – diesmal erfolgreich durchgeführten – Suizidversuch des Barons Falkenhayn, dem es gelungen war, sich im Spital mit seinem Bettlaken zu erhängen. Besonders auf Trab hielt die Freunde eine Serie von ungeklärten Diebstählen, bei denen Berlins Oberschicht um mehrere Smaragde, Rubine und Diamanten erleichtert wurde. Die erste Maiwoche war bereits angebrochen, als die zwei Freunde von der Arbeit nach Hause spazierten und Albrecht von einem neuen Vorhaben erzählte. Ein weiteres, aber zugleich letztes Mal wollte er den Bund der Okkultisten einberufen. »So sang- und klanglos darf diese edle Vereinigung nicht sterben«, proklamierte der Fotograf. »Ich war neulich bei Fanny Lewald im Salon und habe diesbezüglich meinen Vorschlag vorgebracht. Die Gräfin Bismarck, die zufällig anwesend war, ist davon sehr angetan. Sie lässt am Montag zu Tisch bitten!«

Am 7. des Monats verabschiedete sich Julius Bentheim am späteren Nachmittag von Filine und trat mit Albrecht Krosick vors Haus. Sie setzten ihre Hüte auf und schlugen gemütlich den Weg in Richtung Unter den Linden ein, wo es belebter als sonst zuging. Das 1. Bataillon des 2. Garde-Regiments zu Fuß, das gerade aus Spandau gekommen war, marschierte auf der rechten Seite die Straße entlang. Jung und Alt waren auf den Beinen, Kinder winkten den Soldaten zu, die Militärkapelle spielte einen Marsch. Da sie dem größten Trubel entgehen wollten, schritten die Studenten in der Mitte der Allee weiter. Neugierige standen auf den Sitzbänken, um dem Vorbeimarsch bequemer beizuwohnen, und Väter und Mütter hasteten mit ihren Kindern den Soldaten nach, wobei ihr Getrampel dem einer Schafherde ähnelte, die in heilloses Durcheinander geraten war.

Wenige Meter vor ihnen entstand eine Stockung, als einem fülligen Malermeister der Schnürsenkel aufgegangen war und er sich bückte, um ihn wieder zu binden. Gleichzeitig war ein Mann zwischen zwei Lindenstämmen auf den Weg eingebogen. Er trug mehrere Lagen Kleidung übereinander, weshalb er rundlich und ausgestopft wirkte, und musste gezwungenermaßen vor Albrecht und Julius stehen bleiben. Die Nase des Mannes war verschnupft. Sekret tropfte auf seinen Seehundschnurrbart, das er unauffällig mit einem Taschentuch abtupfte.

Albrecht stieß Julius in die Seite.

»Graf von Bismarck. Da! Vor uns.«

Inmitten des Gewimmels – inzwischen waren sie auf Höhe der russischen Botschaft – stand tatsächlich der Ministerpräsident, warm angezogen und leicht kränklich. Er hatte seine Routinebesprechung beim König im Alten Palais hinter sich und befand sich auf dem Nachhauseweg in die Wilhelmstraße 76. Neben ihm tauchten plötzlich zwei halbwüchsige Rüpel auf, bewarfen ihn mit Knallerbsen und verschwanden in der Menge.

»Gräfin Johanna kann einem leidtun«, meinte Julius und steuerte auf den Politiker zu, dessen erzkonservative und reaktionäre Gesinnung den Liberalen im Landtag ein Dorn im Auge war. Die Menschen hassten ihn für seine Kriegstreiberei. In ganz Preußen gab es in diesem Frühling keinen, den man abscheulicher fand, und immer wieder wurde Bismarck auf offener Straße angepöbelt und bespuckt.

»Herr Graf! Hier, bitte schön!« Julius hatte sich gebückt, um dem Mann den Hut aufzulesen, der ihm auf den Gehweg gefallen war.

»Sehr zu Dank verpflichtet, meine Herren! Darf ich Ihnen ein Bier spendieren?«

»Das tun Sie ohnehin, bloß ein wenig später«, meinte Albrecht. »Gestatten, dies hier ist Julius Bentheim, seines Zeichens begnadeter Tatortzeichner und Student der Rechte. Und der Name meiner Wenigkeit lautet Albrecht Krosick. Wir sind bei Ihrer werten Frau Gattin zum Dinner geladen.«

»Ah, der Bund der Okkultisten. Schon davon gehört. Heute soll die ominöse Vereinigung ja aufgelöst werden, nicht wahr?«

»So ist es. Alles Gute findet einmal ein Ende.«

Ein Trommelwirbel, der ganz in ihrer Nähe aufbrauste, ließ das Gespräch verstummen. Die feierlich dahinstolzierenden Soldaten bildeten mit ihren blauen Waffenröcken bunte Farbtupfer vor dem Hintergrund des Boulevards. Otto von Bismarck sah ihnen zu. Er stellte sich auf die Zehenspitzen, um den Zug besser zu sehen, als plötzlich zwei Schüsse durch die Luft peitschten. Trotz der Musik und des Lärms waren sie deutlich zu vernehmen.

Der Ministerpräsident drehte sich um, die Studenten ebenso.

Aus der Menge löste sich zielstrebig ein Mann in den Zwanzigern. Einen Herrn, der ihm im Weg war, rempelte er an, einen anderen schubste er rücksichtslos zur Seite. Die dichten schwarzen Augenbrauen des Fremden bildeten eine einzige durchgehende gerade Linie. Sein gelocktes Haar trug er offen – wirr und zerzaust. Ein mantelartiger Umhang wehte hinter seinem Rücken. Verwirrt und zugleich verärgert über die Störung blickte Bismarck den Unbekannten bis zu dem Augenblick an, in dem der Mann seine Waffe erneut hob und der Ministerpräsident wieder zu seiner Geistesgegenwart fand.

Julius Bentheim sah den noch rauchenden Lauf des Revolvers vor sich. Bedeutungslose Details prägten sich ihm ein: der einklappbare Abzug der Waffe, die 6-schüssige Trommel, die zitternde Hand des Schützen und die wie erstarrt verharrende Menschenansammlung um sie herum. Er sah, wie Albrecht den Mund aufriss, doch seinen Schrei hörte er nur in seiner Vorstellung. Tränen, Gebrüll, mit ihren Kindern davonhastende Mütter: Tumult brach aus.

Beherzt griff Otto von Bismarck dem Angreifer nach der rechten Hand, wobei sich ein dritter Schuss löste, und packte gleichzeitig den Mann am Kragen. Auge in Auge standen sich die Kontrahenten gegenüber, und diese Situation war es, deren Anblick unterschiedslos auf die verschiedenen Anwesenden einschlug und ihre Geister erfüllte. »Elende Kriegsgurgel! Stirb, du Hund!«, zischte der Attentäter, während es ihm gelang, die Waffe geschwind in die Linke zu wechseln. Noch ehe Julius eingreifen konnte, presste der Mann seinem Gegenüber den Revolver an den Überzieher und drückte zweimal ab.

Der unverwechselbare Geruch von Schießpulver stieg dem Tatortzeichner in die Nase. Albrecht setzte zum Sprung an, und sein Gewicht riss den Fremden zu Boden, fort von Bismarck, der sich die Seite hielt und reichlich aufgekratzt einen Fluch zwischen den Zähnen herausstieß. Mehrere Soldaten kamen herbei, eilten just jenem Mann zu Hilfe, von dem sie zu diesem Zeitpunkt nicht einmal wussten, dass er ihr größter Fürsprecher vor dem Parlament war, und packten den Schützen. Ferdinand Cohen-Blind – so hieß er – stöhnte vor Überraschung und Schmerz, als ihm ein Oberst den Absatz seines Stiefels gegen die Rippen schlug.

Bismarck strauchelte, aber Julius hielt ihn mit festem Griff am Oberarm.

»Sind Sie verletzt?«

»Nein, ich glaube nicht«, stammelte der Graf.

Die diversen Lagen Kleidung ließen den Politiker in Julius' Augen wie eine dick wattierte Puppe erscheinen. Er hat Glück, dass er erkältet ist, dachte der Tatortzeichner verwundert. Die Kompaktheit des Stoffs wirkte wie ein Schutzpanzer.

»Brechen wir auf, meine Herren!«, meinte Bismarck halblaut und gebot mit einer Handbewegung, ihm zu folgen. »Lassen wir den Bund der Okkultisten nicht warten.«

Als ob nichts gewesen wäre, schritt er die Allee hinab. Julius, dem noch schwindlig war ob all der Aufregung, wurde von Albrecht unsanft am Arm gepackt. Sie beeilten sich, den Ministerpräsidenten einzuholen, und begleiteten ihn, der stumm und in sich gekehrt nach Hause spazierte. Für einen Moment war die Frühlingssonne hinter einer goldgefransten Wolke verschwunden, aber sie blinzelte sogleich wieder hervor, um diese Ecke der Stadt in Licht zu baden. Die Pflastersteine glänzten kupferfarben, und der Lärm der Masse verflüchtigte sich. Nur ihre Schuhe polterten über die Stufen, nachdem die drei Männer die Wilhelmstraße 76 erreicht hatten.

Johanna von Bismarck, das braune Haar wie stets gescheitelt, erwartete die Gäste in einer Seidenrobe. Ihre Stimme war liebreizend, keinesfalls anklagend, als sie die Verspätung ihres Gatten erwähnte. »Die Gesellschaft erwartet dich, Otto.«

Die Flügeltür zum Salon gewährte einen Blick auf die Anwesenden. Erwartungsvolle Stille erfüllte den Raum, als der Graf seine Gemahlin auf die Stirn küsste, auf seinen durchlöcherten Mantel deutete und dabei mit stoischer Ruhe sagte: »Mein Kind, heute haben sie auf mich geschossen.«

Johanna schlug die Hand vor den Mund.

»Es ist nichts. Keine Sorge.«

»Nichts? Nichts! Das ist beileibe nicht nichts.« Sie fauchte die Worte beinah. Ein fiebriger Glanz war in ihre Augen gefahren. »Bei der nächsten Gelegenheit werde ich den Übeltäter persönlich in die Hölle stoßen!«

Julius Bentheim und Albrecht Krosick wechselten einen Blick. An diesem denkwürdigen Nachmittag war ein Mordversuch fehlgeschlagen. Doch zu welchem Preis? Ihre Sympathie für die Gräfin in Ehren – aber ihr Mann, dieser restaurative und prinzipienlose Aggressor, maßregelte die Beamten und zensierte die Zeitungen mittlerweile wie ein Diktator. Wenn man ihm die Zügel locker ließ, würde er nicht mehr zu bremsen sein. Der Raufbold aus der Provinz, den es in die Kapitale verschlagen hatte, würde nur umso heftiger für einen Waffengang gegen Österreich eintreten. Nieder mit den Liberalen! Für Preußens Glanz und Gloria!

Eine düstere Vorahnung umschwebte Julius, als er sich die Zukunft unter Bismarck ausmalte. Er neigte den Kopf und flüsterte seinem Freund ins Ohr: »Nicht bloß den Attentäter wird man in den Abgrund stoßen. Vielmehr wird die Hölle uns alle erwarten, eine Hölle, bestehend aus Gewehrsalven, Grauen und Tod ...«

E N D E*

---

* Fortsetzung folgt in Julius Bentheims drittem Fall.

Historische Persönlichkeiten

Bismarck, Johanna von (1824–1894), Gattin Otto Bismarcks, hielt ihm für die politische Karriere den Rücken frei, indem sie sich allein um das Gut der Familie und die Erziehung der Kinder kümmerte.

Bismarck, Otto von (1815–1898), deutscher Politiker und Staatsmann, Preußischer Ministerpräsident, erster Reichskanzler des Deutschen Reiches. Seine Amtszeit war geprägt von den Kriegen gegen Dänemark, Österreich und Frankreich.

Cohen-Blind, Ferdinand (1844–1866), Student mit radikal-demokratischen Ansichten. Die Wahrscheinlichkeit eines Krieges zwischen Preußen und Österreich ließ ihn zum Entschluss kommen, Otto Bismarck zu ermorden, den er als Urheber des drohenden Gemetzels ansah. Unter den Linden feuerte Cohen-Blind mehrere Schüsse auf den Ministerpräsidenten ab, wurde dabei gefasst und brachte sich in der anschließenden Untersuchungshaft um.

Fontane, Theodor (1819–1898), approbierter Apotheker, Journalist bei der Neuen Preußischen Zeitung, Lyriker und Epiker (u. a. ›Effi Briest‹, ›Der Stechlin‹). Er gilt als der bedeutendste Vertreter des poetischen Realismus.

Lewald, Fanny (1811–1889), deutsche Schriftstellerin und Salonière. Sie war eine der entschiedensten Vorkämpferinnen der Frauen- und Judenemanzipation. Ihr Gesellschaftsroman ›Jenny‹ wurde zu einem der bedeutendsten und erfolgreichsten Werke der Frauenliteratur.

Möllhausen, Balduin (1825–1905), deutscher Schriftsteller und Reisender. Neben Karl May der wohl populärste deutsche Autor ethnologischer Abenteuerromane (u. a. ›Die Mandanen-Waise‹, ›Die Kinder des Sträflings‹).

Moltke, Helmuth Karl Bernhard von (1825–1905), preußischer Generalfeldmarschall, Chef des Generalstabes. Gilt zusammen mit Bismarck als Schmied der Reichseinigung 1871.

Retcliffe, Sir John, eigentlich: Friedrich Goedsche (1815–1878): Journalist, Autor von Sensations- und Tendenzromanen. Das Kapitel ›Auf dem Judenkirchhof in Prag‹, entnommen seinem Opus Magnum ›Biarritz‹, wurde zur Quelle der späteren antisemitischen Hetzschrift ›Die Protokolle der Weisen von Zion‹.

Stahr, Adolf (1805–1876), Gymnasiallehrer, Literaturhistoriker, Schriftsteller. Gatte der Fanny Lewald, die er in zweiter Ehe heiratete.

Virchow, Rudolf (1821 – 1902), Ethnologe, Archäologe, Politiker, Arzt. Mitbegründer der modernen Pathologie; gilt als einer der bedeutendsten Mediziner überhaupt.

Armin Öhri
Die dunkle Muse
978-3-8392-1295-0

»Bismarcks Berlin als Schauplatz von Sex und Gewalt. Eine packend erzählte Geschichte über die hohe Kunst des Mordens.«

Berlin 1865. Julius Bentheim, junger Student der Rechte, verdient sich ein Zubrot als Tatortzeichner. Als eine Prostituierte bestialisch ermordet wird, begleitet er die Ermittlungen. Da alle Beweise gegen den Philosophieprofessor Botho Goltz sprechen, wird dieser vor Gericht gestellt. Julius verfolgt die Verhandlung gegen den vermeintlichen Mörder. Schon bald erkennt er die undurchsichtige Strategie des Professors, an deren Ende die Kapitulation des preußischen Rechtsapparats stehen könnte ...

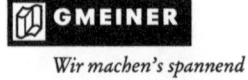

Wir machen's spannend

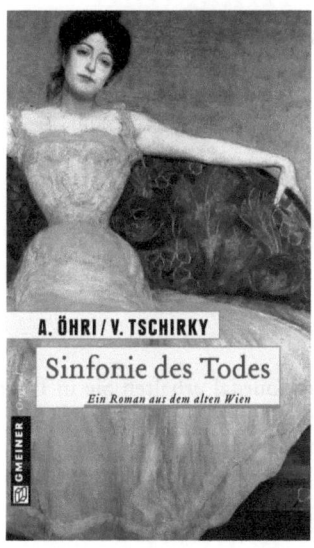

Öhri / Tschirky
Sinfonie des Todes
978-3-8392-1145-8

»Jenseits der Nacht«

Wien 1901. Wilhelm Fichtner, spielsüchtiger Beamter des kaiserlich-königlichen Kriegsministeriums, wird zuhause von seiner Gattin Lina tot am Schreibtisch aufgefunden, den durchschossenen Kopf auf einem Kassenbuch liegend, die Pistole neben ihm auf dem Boden. Doch Cyprian von Warnstedt, Inspektor der k.k. Gendarmerie, bezweifelt, dass es sich um einen Selbstmord handelt. Als Täter vermutet er einen der Männer aus Wilhelms letzter Kartenrunde in dem verrufenen Gasthof »Zur Kaisermühle«. Aber auch die Witwe selbst verhält sich äußerst verdächtig ...

Wir machen's spannend

Unser Lesermagazin
2 x jährlich das Neueste aus der Gmeiner-Bibliothek

24 x 35 cm, 40 S., farbig; inkl.
Büchermagazin »nicht nur« für
Frauen und HistoJournal

Das KrimiJournal erhalten Sie in Ihrer
Buchhandlung oder unter
www.gmeiner-verlag.de

GmeinerNewsletter
Neues aus der Welt der Gmeiner-Romane

Haben Sie schon unsere GmeinerNewsletter abonniert?

Monatlich erhalten Sie per E-Mail aktuelle Informationen aus der Welt der Krimis, der historischen Romane und der Frauenromane: Buchtipps, Berichte über Autoren und ihre Arbeit, Veranstaltungshinweise, neue Literaturseiten im Internet und interessante Neuigkeiten.

Die Anmeldung zu den GmeinerNewslettern ist ganz einfach. Direkt auf der Homepage des Gmeiner-Verlags (www.gmeiner-verlag.de) finden Sie das entsprechende Anmeldeformular.

Ihre Meinung ist gefragt!
Mitmachen und gewinnen

Wir möchten Ihnen mit unseren Romanen immer beste Unterhaltung bieten. Sie können uns dabei unterstützen, indem Sie uns Ihre Meinung zu den Gmeiner-Romanen sagen! Senden Sie eine E-Mail an gewinnspiel@gmeiner-verlag.de und teilen Sie uns mit, welches Buch Sie gelesen haben und wie es Ihnen gefallen hat. Alle Einsendungen nehmen automatisch am großen Jahresgewinnspiel mit attraktiven Buchpreisen teil.

Wir machen's spannend